In ihrem rasant erzählten Roman nimmt uns Gabriele Tergit mit ins Berlin der Nachkriegszeit. Die junge Amerikanerin Maud hat noch nicht viel von der Welt außerhalb der New Yorker High Society gesehen. Da bekommt sie die Gelegenheit, eine britisch-amerikanische Militärmission nach Berlin zu begleiten, die den Deutschen endlich demokratische Prinzipien näherbringen soll – eine fabelhafte Chance, vor ihrer Hochzeit noch rasch etwas zu erleben. Die chaotische Gruppe versammelt allerlei skurrile Charaktere, die sich politisch nicht immer einig sind und darüber so manchen Streit austragen. Und die so glamouröse wie naive Maud muss bald feststellen, dass die Deutschen weder ein Interesse an Demokratie haben noch daran, von ihr und den anderen Alliierten gerettet zu werden.

Wie schon Tergits Erfolgsroman »Effingers« wurde »Der erste Zug nach Berlin« neu herausgegeben von Nicole Henneberg, die die Handlung außerdem in einem Nachwort historisch, biografisch und literarisch einordnet.

GABRIELE TERGIT (1894–1982) schrieb Romane, Feuilletons und Reportagen. Die jüdische Schriftstellerin emigrierte 1933 nach Palästina, 1938 zog sie nach London. Ihr literarisches Werk wurde erst spät in Deutschland wiederentdeckt. Heute gilt sie als bedeutende Autorin der Zwischen- und Nachkriegszeit.

NICOLE HENNEBERG, Jahrgang 1955, studierte Komparatistik und Philosophie in Berlin und Paris. Sie schreibt als freie Autorin und Literaturkritikerin u. a. für die *Frankfurter Allgemeine Zeitung* und den *Tagesspiegel*.

Gabriele Tergit

Der erste Zug nach Berlin

Roman

Herausgegeben und mit einem Nachwort
von Nicole Henneberg

btb

Diese Ausgabe folgt erstmals dem Originaltyposkript, das im
Deutschen Literaturarchiv Marbach aufbewahrt wird.
Lediglich Rechtschreibung und Zeichensetzung wurden behutsam
vereinheitlicht. Übersetzungen der im Original englischen
Passagen finden sich im Glossar am Ende des Bandes.

Der Roman enthält rassistische Sprache.

Der Verlag behält sich die Verwertung der urheberrechtlich
geschützten Inhalte dieses Werkes für Zwecke des Text- und
Data-Minings nach § 44 b UrhG ausdrücklich vor.
Jegliche unbefugte Nutzung ist hiermit ausgeschlossen.

MIX
Papier | Fördert
gute Waldnutzung
FSC® C014496

Penguin Random House Verlagsgruppe FSC® N001967

1. Auflage
Genehmigte Taschenbuchausgabe November 2024
btb Verlag in der Penguin Random House Verlagsgruppe GmbH
Neumarkter Straße 28, 81673 München
© 2023 by Schöffling & Co Verlagsbuchhandlung GmbH,
Frankfurt am Main
Covergestaltung: semper smile, München
einem Entwurf von Schöffling & Co.
Covermotiv: © Keystone / Hulton Archive / Getty Images
Druck und Einband: GGP Media GmbH, Pößneck
MK · Herstellung: han
Printed in Germany
978-3-442-77425-8

www.btb-verlag.de
www.facebook.com/penguinbuecher

Der erste Zug nach Berlin

1. Kapitel

Ich muss sagen, es war ein reiner Zufall, dass ich nach Deutschland kam. Mein Onkel Phipps sollte zu der amerikanischen Mission nach Deutschland gehen und ich war gerade da, als Tante Ketta sagte: »Ich denke garnicht daran, nach Berlin zu gehen. Ich habe mich mit der ganzen Bande für Miami verabredet und ich müsste mir lauter andre Sachen für ein kaltes Land anschaffen.«

»Onkel Phipps«, sagte ich, »nimm *mich* mit. Ich würde rasend gern mitkommen, ich könnte zum Beispiel Fonds für eine Kantine sammeln oder Kleider für Polen oder Bündel für ausgebombte Engländer.«

»Das ist garnicht nötig«, sagte Onkel Phipps, »komm nur mit. Du kannst chauffieren, eine Schreibmaschine zertrümmern und Photos machen. Dafür kann ich dich gerade brauchen.«

»Vergiss nicht, Onkel Karl, ich bin ein selbstständiger Mensch.«

Anfang Mai verabschiedete ich mich von der ganzen Bande und wir gingen noch mal ins Twenty-one. Ich ging in meinem großen Abendkleid von Chanel zum Aerodrom mit einem Pfauenfächer, das Neueste aus Paris. Ich war die Erste, die ihn hatte. Er wird an einer langen Stange von einem der jungen Leute hinter einem getragen. Meinen trug der Sohn vom Governor Perry. Er war der bestaussehende Junge von uns. Und alle beneideten mich. Er sagte, ich sei eine Närrin, nach dem wilden Europa zu gehen, wenn ich in dem schönen New York mit seinem sanften Klima und noch sanfteren Sitten bleiben könnte. Dass ein Mensch aus Vergnügen nach Europa ginge, habe er überhaupt noch nicht gehört. Er will mich heiraten und wir wollen dann sehr viel Geld ausgeben, denn das ist das, was die Regierung verlangt. Von einem bestimmten Verbrauch an werden die Steuern herabgesetzt. Wenn man fein ist, sagt man: »Unser Haus wird wahrscheinlich vier Jahre zu bauen dauern. Wir wohnen jetzt in einem Flügel.« Man lässt sich die Wände bemalen oder mit Figuren bedecken. Gianetto und Rosenbaum, die jetzt so en vogue sind, brauchen für einen geschnitzten Stuhl mindestens ein halbes Jahr, man kann sich vorstellen, wie lange sie für eine Einrichtung brauchen. Niemand, der irgendwas auf sich hält, kauft Sachen, die am laufenden Band angefertigt werden. Es ist garnicht zu sagen, wie teuer die Sachen dann werden. Gianetto und Rosenbaum stellen ihre Rechnungen so aus, dass sie einem aufschreiben: 2000 Dollar für Lohn, 1000 Dollar Entwurf, macht 3000 Dollar. Mit so einer Rechnung geht man zur Steuer und auf die 2000 Dollar Lohn braucht man keine Steuern zahlen. Seitdem werden kaum mehr große Brillanten gekauft, sondern Ketten mit 100 Splittern, die kunstvolle Formen haben. Frauen von Senatoren zum Beispiel tragen nur noch sogenannten ›Gehörn-

Schmuck‹, das sind Schmucksachen, die über 500 Arbeitsstunden gekostet haben von der Firma Gehörn. Auch Bilder werden so gekauft. Die modernen Maler dürfen auf jedes Bild die Arbeitsstunden von zwei Studienjahren drauflegen. Infolgedessen ist Rembrandt sehr im Preis zurückgegangen und wir kaufen alle den Henry Porter, der sehr schöne Bilder malt, aber außerdem zwanzig Jahre studiert hat. Die Bilder kosten einen fast garnichts.

Was aber meine Heirat mit Clark Perry angeht, so sind wir schließlich beide erst 19 Jahre alt.

Als ich ins Flugzeug stieg, brüllten sie alle durchs Megaphon und sangen und trugen kleine Papierkappen und kurz und gut, es war himmlisch. Als das Flugzeug sich in Bewegung setzte und ich den guten alten friedlichen Kontinent verließ, um in das wilde, unkultivierte Europa zu fahren, da war mir doch sehr anders und ich ging in die Bar, um einen Cocktail zu trinken. Neben mir saß ein junger Engländer mit einem merkwürdig unbeweglichen Gesicht, sehr groß, sehr schwarz mit einer Pfeife und in der Eiseskälte des späten März ohne Mantel an Deck. Nur einen Schal und Handschuhe. Es war der 53. Lord Dolgelly, der noch gestern ein Mr. Randall gewesen war, aber glücklicherweise war sein älterer Bruder, der Lord, bei einem der Expeditionsversuche mit Raketen zur Minerva, dem kürzlich entdeckten Planeten, zu gelangen, verunglückt. Er sprach nicht, rauchte und machte auch sonst einen leicht idiotischen Eindruck. Mit ihm war ein dicker

Amerikaner, Mr. Merton, the rather vulgar brand of the middle west, log cabin and self made and all that. Nachdem er mich zu mehreren Cocktails eingeladen hatte, sagte er: »Miss Phipps, hier gebe ich Ihnen die Telefonnummer von unserm Fleetstreet office. Wenn Sie eine story haben, just ring up, 700–900 Worte höchstens.« So wurde ich eine Journalistin. Wir kamen gegen Abend in London an und übernachteten dort unglücklicherweise. Das Hotel war ungeheizt. Nach dem ersten März heizen sie nicht. Der Portier war höchst unfreundlich, als ich zu ihm sagte: »Ich bringe Ihnen hier Dollars und dafür möchte ich wenigstens ein geheiztes Badezimmer haben.«

Das Frühstückszimmer bestand an zwei Seiten aus rohen Ziegeln. Wenn ich daran denke, wie Tante Ketta geweint hat, weil Monsieur Lepêtre, den sie sich extra aus Paris hat kommen lassen, die Wände einen Ton zu blau gestrichen hat und dass Onkel Phipps dann einen Prozess wegen des Honorars mit ihm geführt hat und dass wir hier vor nackten Mauern sitzen müssen! Onkel Phipps war auch sehr disgusted. Merton sagte, das Hotel sei schwer gebombt worden, trotzdem es eines der elegantesten von London ist, überhaupt sollen in London auch sehr reiche Leute gebombt worden sein, nicht viel natürlich, aber immerhin, und nachdem man das Hotel wieder in Ordnung gebracht hatte, wurde entdeckt, dass im Holz Schwamm sei und so habe man die Mauer freigelegt, and here we are. Hübsch, wenn das typisch für Europa ist. Dabei gibt es noch immer Leute in Amerika, die von der europäischen Kultur schwärmen. Merton sagte, der Portier sei typisch für das, auf was wir vorbereitet sein müssen, er habe Haus und Familie gebombt bekommen und das ganze Hotel mit seinen ahnungslosen Fremden komme ihm blödsinnig vor.

Wir machten einen Spaziergang zum Piccadilly Circus. Er besteht im wesentlichen aus niedrigen Häusern und Reklamen. Die Hauptreklame war ein John Bull mit einem großen Glas Bier, aus dem sich der Schaum bewegte. Darüber stand in Lichtschrift: »British beer is the best.« Daneben war ein Champagnerglas, das durchgestrichen war, und darunter stand: »Drink Whisky instead.« Neben mir stand ein Verkäufer von Veilchen, der rief: »English violets, English violets«, ein andrer rief: »Guaranteed English teddy-bear. If you press him, he growls in English.« Two gigantic illuminated heads took up the whole of one wall of a house: »The Conservatives have the only true British policy.« Unter dem andern stand: »The only true British are the Socialists.«

Wir gingen dort in ein Restaurant, wo die Speisekarte nur bestand aus Cold Mutton, 2 Veg. and Steamed Pudding.

Merton sagte zu dem Waiter: »Nichts anderes?«

»No«, sagte der Waiter, »we are specialising in English food, we have cabbage and steamed pudding, the whole year round.«

»Thank you«, sagte Merton und wir verließen das Lokal wieder, was ganz schlechter Stil in England ist.

»Es gibt Soho«, sagte Merton, der England gut kannte, war er doch einer der beschäftigsten und berühmtesten amerikanischen Journalisten, »dort ist das alte Viertel der Leute vom Mittelmeer und sie kochen vorzüglich.« Wir kamen an eine Straße, über die ein riesiges weißes Tuch gespannt war, und darauf stand: »We are British.« Wir gingen von Restaurant zu Restaurant und überall stand auf den Speisekarten, die draußen hingen: Mutton and 2 Veg. Es hatte nur verschiedene Preise zwischen 1/6 bis 7/6. Schließlich gingen wir in eines der teureren Restaurants und Merton fragte den Inhaber, was denn das bedeute, dass man überall nur Mutton and 2 Veg. zu essen bekomme. Er sagte, das sei Vorschrift: »Wir dürfen alle nur noch Mutton and 2 Veg. kochen. Der Verband der englischen Restaurateure hat bestimmt,

1) Kein ausländischer Koch darf in England arbeiten. Zunächst 10 Jahre lang.
2) Kein Engländer darf im Ausland oder bei einem Ausländer in England kochen lernen.
3) Kein Engländer darf etwas anderes als englisches Essen kochen.
4) Zuwiderhandelnde werden aus dem Restaurantgewerbe ausgeschlossen und zu Ausländern erklärt.

Es wird überhaupt, so sagte der Restaurantbesitzer in Soho, an Stelle von Gefängnis die Strafe der Entziehung der englischen Staatsangehörigkeit angewendet. Nicht nur wer ausländisch kocht, sondern auch wer ausländisch baut, singt, schreibt, zeichnet, malt, unterrichtet, tischlert, schlossert, Fenster einsetzt, chauffiert und tapeziert, kann aus seinem Verband ausgeschlossen und schließlich auch des englischen Bürgerrechts verlustig erklärt werden. Der Verband der Plumber, um ein Beispiel zu geben, hat die selben Bestimmungen wie die Restaurateure angenommen: »Wer Rohre nicht nach außen verlegt oder irgendwie sonst etwas in Tat oder Schrift gegen das Platzen von Rohren unternimmt, wird aus dem Verband der Plumber als ein Schädling ausgeschlossen. Bei gefährlichem Zuwiderhandeln wird er zum Ausländer erklärt. Zu Ausländern Erklärte können nur in Bergwerken oder als Dienstmädchen arbeiten.«

»Sehr interessant«, sagte Merton, »bei uns in Amerika ist es ja ähnlich. Zum Beispiel in den Hotels müssen die Ausländer erst mal für ein Jahr unter der Erde, im sogenannten basement arbeiten, bis man sie wieder ans Tageslicht lässt. Aber Ausländer ist man eben nur 5 Jahre.«

Nachdem wir unser abscheuliches Essen runtergewürgt hatten, ging Merton mit mir in ein Konzert, in eine Ausstellung von Bildern, die in Europa während der deutschen Besatzung gemalt worden waren. Es war überfüllt. Eine deutsche Sängerin sang Volkslieder auf deutsch, französisch, spanisch und italienisch. Das Publikum war sehr begeistert.

»Ulkig!«, sagte Merton, »das sind die Leute, die alle heute morgen von Gauntlett gelesen haben, dass sie sich nicht mehr um Europa kümmern sollen.«

2. Kapitel

Wir frühstückten am Morgen zu vieren: Merton, der scheußlich aussah mit seinem ungekämmten Bart, einem schmutzigen Kragen und einem Anzug voll Schuppen, ich, Mr. Gauntlett und Mr. Bromwich. Ich hatte mir das Modell Kühler Frühlingsmorgen angezogen, ein zitronengelbes Kostüm mit einem königsblauen Mantel und dazu einen gelben Hut von 20 Inch Höhe. Alle drei Herren, sogar Merton, dem man das garnicht zutraute, sahen mich entzückt an, besonders Bromwich, was was heißen will. Bromwich war ein ziemlich alter Mann, mindestens vierzig Jahre alt, aber ich hätte mich trotzdem in ihn verlieben können. Er sah aus wie ein Hollywood-Star, such ones who escape to happiness mit einem jungen Mädchen und ihre ältlichen Frauen verlassen. Bromwich war immer heiter, immer zu Witzen aufgelegt, der beste Gesellschafter. Er las prinzipiell keine Bücher und ging auch nicht ins Theater. Er war der Mann, der den künstlichen Gummi machte, weil er ihn für besser als den natürlichen hielt und weil doch Amerika nicht seine guten Dollars für etwas wegschicken wollte, das es im Lande machen konnte. Wozu sollte es was von Malaya kaufen, wenn Malaya nichts von uns kaufte? Es war kein Zufall, dass er die schönste Frau von Boston zur Frau hatte. Er konnte ihr wirklich was bieten. Man sagte von ihr, dass sie am allerbesten die neuen ökonomischen Regeln zur Anwendung zu bringen verstünde, sie baute und baute, sie schaffte sich jeden Monat einen neuen Pelz an und sie besaß Garnituren von sämtlichen Edelsteinen: Smaragden, Saphiren, Rubinen, Spinelle, Aquamarine, Granaten, Topase. Sie war so angezogen, dass es keinen Mann gab, der sich nicht in sie verliebte. Sie hatte keine Kinder, trotzdem Kinder wieder anfingen in Mode zu kommen. Aber es war jahrelang immer etwas anderes gewesen.

Erst war die Mode völlig unmöglich für andre Umstände, dann konnte man absolut keine erstklassigen Umstandskorsetts bekommen, dann hatte sie solche Freude am Wintersport, dann hatte sie unausgesetzt Dienstbotenwechsel und schließlich ließ sie es endgültig, als sie eine preisgekrönte persische Katze bekam. Zuletzt war sie allerdings von Haustieren abgekommen und sie hielt sich immer junge Panther, die, sobald sie so alt waren, dass sie ein kleines Kind oder andre Tiere totbissen, an den Zoo abgegeben wurden. Sie hatte schon viel Ärger wegen dieser Panther gehabt, aber es sah todschick aus, wenn sie mit ihnen spazieren ging.

Mr. Gauntlett war recht reizlos im Gegensatz zu Bromwich. Er war der Vertreter des *Daily* und sollte mit uns nach Berlin kommen. Man sah ihm sofort an, dass er missvergnügt war.

Es gab in England nur noch zwei Zeitungen: Wir bekamen sie beide zum Frühstück vom Hotel geliefert. Mr. Gauntlett sagte uns: »Wir erfassen jetzt 25 Millionen Leser von den 30 Millionen Zeitungslesern, die es überhaupt in England gibt. Wir nähern uns mit Riesenschritten dem Ideal der Einheitszeitung. Eine Meinung, eine Zeitung, ein König, ein Gott!«

»Ausgezeichnet!«, sagte Bromwich, »wir haben zwar noch immer fast 1000 Zeitungen in Amerika, aber im Grunde genommen sind das alles die selbe Zeitung. Eine Zentralstelle in New York und eine zweite in San Franzisko beliefern jede ungefähr 500 Zeitungen mit den selben Artikeln. Nur lokale Ereignisse werden individuell berichtet. Wir haben drei Kommentatoren, die von Zeit zu Zeit, nach vorheriger Besprechung in ihren Meinungen von einander abweichen und sich gegenseitig angreifen. Leser lieben das. Sie nennen das Freiheit der Meinung.«

»Das ist aber ein scheußlicher Zynismus«, sagte Mr. Gauntlett, »das würde in England nicht vorkommen. Wir haben eine echte Freiheit der Meinung. Wenn die Majorität nur *eine* Zeitung lesen will, so ist es völlig berechtigt, dass wir nur *eine* Zeitung haben. Es ist dies nur ein Beweis für den English common sense, der allen gemeinsam ist.«

»Und wie ist es bei Ihnen mit dem Film«, sagte Bromwich, »verfilmen Sie nicht auch erfolgreiche Bücher?«

»Natürlich«, sagte Gauntlett, »jedes erfolgreiche Buch wird zuerst einmal dramatisiert, dann verfilmt, dann als Hörspiel bearbeitet.«

»Das ist bei uns genauso. Wir nehmen an, dass ein derartiges Thema von rund 40 Millionen Menschen gesehen wird.«

»Sie sollten nicht so zynisch über die Einheitszeitung in England und Amerika sprechen. Stellen Sie sich vor, was diese Entwicklung für ein Glück für die Menschheit ist! In Russland haben sie ebenfalls die Einheitszeitung! Stellen Sie sich vor, es gibt im Grunde nur noch drei Meinungen in der Welt, denn ich glaube nicht, dass der Zustand in Europa, wo einer den andern befehdet, noch lange weitergeht.«

Merton, der ja immer unhöflich ist, sagte: »Das ist das Resultat, dass alle Leute lesen können.« Und dann nahm er den *Daily* vor, was ich auch tat.

The Daily hatte als Überschrift: »Slogan of the day: Less Europe More Empire. Unser Preisausschreiben für Empireindeedness.

1. Preis: Eine Reise nach Irland

2. Preis: Ein halbes Dutzend silberner Löffel mit den Wappen der Dominions

3. Preis: Ein halbes Dutzend Aschbecher mit den Wappen der Dominions.

Wir bitten unsre Leser, sich an folgendem Preisausschreiben zu beteiligen: Jeder soll alle Dinge aufschreiben, die wir aus dem Empire bekommen können oder auf die wir verzichten können und die noch immer woanders gekauft werden. Die beste Zusammenstellung wird preisgekrönt.

Beispiel 1) Wir verlangen etwas vom Geiste Cromwells: Waren dürfen prinzipiell nur auf englischen Schiffen nach England gebracht werden.

Beispiel 2) We want no trade outside the Sterling area, we do not want American metal, French perfume or English people to go to tour in Switzerland.«

Wir hatten schon vorher große Plakate am Piccadilly Circus gesehen: »Summerholidays in Canada, Winterholidays in India!«

Das Schweizer Reisebüro war geschlossen und ein Riesenplakat war darüber geklebt: »For Winter sports Canada only.«

Die andre Zeitung, *The Manchester Times Observer*, zitierte in 25 verschiedenen Sprachen, ein Beweis, was sie vom Bildungsgrad ihrer Leser hielt. Sie brachten Anfragen ihrer Leser über den Lebenslauf des El Greco, eine Diskussion, ob man Aussprüche großer Männer verkürzen dürfe, selbst dann, wenn damit der Sinn des Ausspruchs nicht verändert wird, und einen ausführlichen Artikel über Amerika, aus dem ich viel erfuhr, was mir unbekannt gewesen war, und einen Leitartikel über das selbe Thema.

»Warum?«, fragte ich Merton.

»Sehen Sie«, sagte Merton, »der Artikel enthält nur dates and facts. Der Leitartikel enthält das Urteil über diese Tatsachen. Das ist und war das Grundprinzip jeder echten Geschichtsschreibung und *The Manchester Times Observer* ist heute die einzige Zeitung der Welt, die dieses Grundprinzip auf die Tagesgeschichte anwendet, das Grundprinzip nämlich, Quelle und Kom-

mentar zu trennen, nach dem schon die größten Ge-
schichtsschreiber der Welt, die großen Griechen Poly-
bios und Thukydides, gearbeitet haben. Vor 2000 Jahren, mein Kind!«

Ich hörte gespannt zu und dachte, wie schön es ist,
etwas zu lernen.

Bromwich lachte und sagte: »What a highbrow!«

Gauntlett klatschte Bromwich entzückt Beifall.

»Es scheint mir so, dass doch nicht alle Ihre Ideen
teilen«, sagte Merton zu Gauntlett. »Miss Phipps und
ich waren heute in einem internationalen Konzert, wo
Lieder in allen Sprachen gesungen wurden, und daneben war sogar eine internationale Bilderausstellung!«

»You mean that international brothel which they
still have the face to call a ›national‹ Gallery! It's a scan-
dal. While Mussolini was killing our boys, they were
showing Botticelli! And during the worst period of the
flying bombs, they exhibited some ›unknown German
master‹. And if these fellows ever think of England,
what do they show us? Malicious critics like Hogarth
and Rowlandson. They stimulate a purely artificial
taste in art at the expense of the British taxpayer. I
speak as the man in the street. This new frontier business – be it France or Italy or Yugoslavia or Poland –
means as little to him as did the dismembering of
Czechoslovakia. Our frontiers are not at the Rhine.
Our frontiers are at Gibraltar on the one hand, in the
Mid-Pacific on the other. England is not part of Europe.
England is Asian, African, Australian, American but

not, not, not European. We, the architects of the German defeat, have a right to our own way of life. We are not going to be forced into Europe. Not we!«

»Er sieht eigentlich recht gewöhnlich aus«, dachte ich, »genau so gewöhnlich wie Merton.«

3. Kapitel

Wir hätten von London bis zur deutschen Grenze nur in einem der englischen Flugzeuge fliegen können, die noch dazu nur eine Klasse haben.

»Das verdanken wir unsern Herrn Idealisten«, sagte Bromwich. Er meinte, dass wir kein amerikanisches Flugzeug benutzen konnten.

Ein Russe, der bei uns stand, missverstand ihn und meinte, das bezöge sich auf das Einklassensystem, und sagte: »Was wollen Sie? Das ist das, was sich die Engländer unter Marx vorstellen. Missverstandener Marx! Ich fahre mit einem Schiff. Das hat noch Erste Klasse.«

»Werden wir auch tun«, sagte Bromwich.

Wir erfuhren, dass wir innerhalb Deutschlands nur mit der Eisenbahn fahren konnten, weil die Sache mit dem Flugverkehr über Deutschland immer noch nicht geklärt war. The British Olive Leaves hatten mit den Red Eagles verhandelt wegen eines Luftmonopols über Westeuropa. Die amerikanischen Peace Pigeons, hinter denen Bromwich stand, waren darüber sehr empört. Bromwich, der freien Wettbewerb aller für die fairste Ökonomie hielt, hatte eine große Subvention erhalten, um der Allerbilligste zu sein, und er erklärte, dass die Verteuerung eines Verkehrsmittels höchst unsozial sei.

Tante Ketta hatte noch am letzten Abend zu Onkel Phipps gesagt, es ginge doch nicht, dass man den Olive Leaves Landerecht in Amerika gäbe. Wie käme denn Amerika dazu? Sie betrachte das als eine Verletzung der staatlichen Hoheitsrechte, die doch jedem Patrioten heilig seien. Es seien immer diese New-comers mit den funkelnagelneuen amerikanischen Pässen, die eben noch immer ihre allegiance zu dem dummen Europa hätten, die Amerika in diese Konflikte ziehen. Und kein Mensch könne wissen, was speziell die Olive Leaves angehe, ob nicht eines Tages ein paar tausend Engländer aus der Luft landen, die amerikanischen Stützpunkte besetzen und sich Amerika zurückholen. Sie habe da ihre großen Verdächte. Die Besetzung durch die Engländer habe nur *ein* Gutes. Sie würden sofort die Einwanderung sperren. Die hätten einen Sinn für gute Gesellschaft und hüteten sich, Krethi und Plethi in ein Land zu lassen. Tante Ketta sagte, sie wähle als nächsten Präsidenten nur einen, der endlich die blödsinnige Einwanderung aufhebe. Welches Land in der Welt lasse sich das noch gefallen? Und sie sei für Henderson-Brittles: »African to African, Jew to Jew, female bird to male bird and Anglo-Saxon to Anglo-Saxon.«

Wir stiegen also in eine Eisenbahn. Für mich war das höchst amüsant. Es ist viel bequemer als Flugzeug oder Autoreisen. Ich bin natürlich noch nie in einer Eisenbahn gefahren. Man sitzt in bequemen Sesseln, immer drei oder vier auf einer Seite, man hat gute Luft und man sieht die Landschaft, da es ja ganz langsam geht.

Wie angenehm muss doch das Reisen vor hundert Jahren gewesen sein, man müsste es wieder einführen. Ich werde unsern Kreis überreden, dass Eisenbahnen das Schickste sind, und wir werden sie alle benutzen.

»Großartig«, sagte Bromwich, der hinter der Upper Western steht, »vielleicht steigen dann Eisenbahnaktien wieder.« Interessant war es auch, dass unser Zug aus holländischen, deutschen, schweizer und italienischen Wagen bestand. Aber das wird nicht mehr lange dauern. Es ist ja auch nicht mit der nationalen Ehre vereinbar. Man wird an jeder Grenze in die Waggons des betreffenden Landes umzusteigen haben.

Unser Wagen, voll von Ausländern, war an einen gewöhnlichen Zug angehängt. In unserm Coupé waren Lord Hawks, der Leiter der englischen Kommission, lang, dünn und sehr alt, rauchte Pfeife, sprach kein Wort und machte auch sonst einen idiotischen Eindruck, der 53. Lord Dolgelly und eine ungewöhnlich schöne Engländerin von etwa 27 Jahren. Sie hatte eine ideale Figur, so wie man sie kaum in einem andern Land findet, und das nennen sie in England stock size! Sie war sehr groß und hatte einen Kopf mit rotblonden Haaren, einem Teint, der von Natur so war, wie sie ihn in Amerika künstlich zu machen versuchen, und große blaugraue Augen. Ein Wunderwerk der Natur! Sie hieß Miss Battle-Abbey und war die Enkelin eines Viscounts, der sozusagen das Manhattan von London besaß und unermesslich reich war, weil er von einem Mann abstammte, der von den Römern als ihr Vertreter für die Verwaltung der Londoner City eingesetzt worden war, als sie abzogen. Da sie dann nie wieder gekommen sind, hatte also dieser Prätor die City als sein Eigentum übernommen. Man kann sich vorstellen, was die Wertsteigerung der Grundstücke und die aufgelaufenen Zinsen in so einer Familie an Reichtum bedeuten. Dolgelly war der Urenkel von einem Berater der Queen Elisabeth, der seinerseits der Enkel von vielen Generationen von Seeräubern war.

Die schöne Miss Battle-Abbey sagte, dass sie sich ungemein auf Deutschland freue: »Eine feste Hand ist die Hauptsache. We had the most wonderful way with all these foreigners in London during the war. We taught them our English ways of life. It made a great impression on them. I know how to handle aliens.«

Merton hatte seinen Hut im Nacken, war in Hemdsärmeln und hatte beide Hände in den Hosentaschen: »That is no time for good works and charitable institutions«, sagte er grob, »the happiness of the world is at stake. You should know that ›to be or not to be‹ is the question for the western democracies.«

Bromwich lächelte Miss Battle-Abbey zu und sagte: »What big words!«

Lord Hawks sagte – seine Lordship öffnete zum ersten Mal seinen verehrten Mund: »The charm of a faultless beauty can achieve a great lot, my dear friend.«

Merton nickte ihm vertraulich zu. Ich hatte das Gefühl, dass Merton dem Lord sympathisch war.

Natürlich war das Hauptthema wie schon im Flugzeug die Ostgebiet-Frage. Es hängt einem schon zum Halse raus. Es gibt ein Komitee in New York, in das ich berufen werden sollte zur Erlösung der Ostgebiete.

Merton erzählte, dass er nach Ostpreußen und Schlesien und der Tschechoslowakei fahren wollte, um sich selbst ein Bild zu machen. Er hatte nicht die Erlaubnis bekommen.

»Wir sind völlig uninteressiert an Europa«, sagte Gauntlett, »und Amerika noch mehr. Es interessiert, es interessiert, es interessiert uns, uns, uns nicht, und wir verlangen, dass gewisse Elemente endlich aufhören sollen, an Russland zu mäkeln.« Dabei sah er den 53. Lord an. »Wir wünschen uns Russland zum Freund. Und wir wünschen nur, dass England so englisch wäre wie Russland russisch ist. Aber gewisse Herren glauben, sie könnten auf Grund ihrer Herkunft es sich leisten, auf Patriotismus zu verzichten. Jeder weiß, dass Sie, Mr. Merton, kein Antifaschist sind. Und was wollen Sie denn allein da viel sehen? Die Polen sind völlig glücklich, genau wie die Jugoslawen, Tschechen, Ungarn, Ruthenen, Slowaken, Bulgaren, Rumänen. Noch nie sind die Balkanvölker so glücklich gewesen. Sie geben einen *East European Observer* auf englisch heraus. In der Redaktion sitzen ein Serbe, ein Kroate, ein Tscheche, ein Slowake, ein Bulgare, ein Rumäne, ein Ungar, ein Ruthene. Lesen Sie das Blatt, ich bitte Sie, lesen Sie das Blatt. Hier: Fortschritte des Schulwesens in Ostgalizien. Größere Anzahl von Traktoren als

Amerika! Volkstänze bei den Baschkiren. Professor Pawlows Versuche.«

»Ich möchte aber selber sehen, was los ist!«, sagte Merton.

Merton ist immer ein verrückter Kerl gewesen. Er trägt einen Vollbart und hat nicht erlaubt, dass Pearls Soap seinen Namen für eine Rasierseife verwendet, trotzdem sie ihm 50 000 Dollars dafür geben wollten!

Gauntlett sagte: »Wir sind nicht die Polizei Europas. Es ist immer das Selbe, when you start a debate on our taxation or on our Crown Colonies people are not interested. They are only interested in the Czechs, the Greeks, the Poles. We will stop this. There is nothing in these arguments to promote understanding in the war-torn world. We are backed by 35 million readers and we will put an end to these discussions.«

»I know you will«, said Lord Hawks, »you can stop anything you like. Now that Lord Mixpickle has bought the Chutney newspapers you can stop anything.«

»No you can't«, said Merton, »because you have got 500 periodicals.«

»Very much to the deterioriation of our relation with our great allies«, said Gauntlett, »my next book will be an omnibus of the German historical falsification. Königsberg has never been a German town. Kant was the son of a Scot and the greatest Polish philosopher. Austria has never belonged to Germany. Hitler was a Prussian from Vienna. As to us, we never were Germanics, the Anglo-Saxons never were Germanics, they are just Anglo-Saxons born by the ocean. By the way, readers are not interested in history.«

»We will soon give up our occupation of Germany«, said Bromwich, »the strange distribution of the Nazis allows of it. Im Osten bis Berlin sitzen nämlich fast keine Nazis, im Südwesten, im jetzt französischen Gebiet, 75 % Nazis, im Nordwesten, dem englischen Gebiet, 25 % Nazis und in unserem Südosten 5 % Nazis. Es sind jetzt bereits zwei ganz grundlegende Arbeiten über dieses Thema erschienen. Im Übrigen arbeiten 50 Studenten von Harvard am gleichen Thema: ›Die Verteilung der Nazis in Deutschland. Historische und soziologische klimatische Bedingungen.‹ Da der von den Amerikanern besetzte Teil mit dem Teil, der den geringsten Prozentsatz an Nazis hat, übereinstimmt, so sehe ich gar keinen Grund, warum wir weiter diese Bürde tragen sollen. Interessanterweise beginnt der Naziteil direkt in Schweinfurt an der französischen Grenze. Keiner von uns hat das geahnt. Wir wollen jetzt die 5 % Nazis evakuieren, damit wir dem Gebiet Selbstverwaltung geben können. Diese Evakuierungsidee ist überhaupt ausgezeichnet. Es kann garnicht genug evakuiert werden.«

Inzwischen waren Leute aus den anderen Coupés zu uns gekommen.

»Ja«, sagte Abraham Lincoln, the leader of ›The Color-Conscious Negroes‹, »we are fed up with the fight for equal rights. The question is: have we a fight for equal rights? The solution for our problem is our own territory in Africa. We are fed up with the western civilisation. We, the only faithful Christians in the world, cannot live any more among pagans. We want to go back to Africa, back to the land, we do not want cotton, we want the good earth, we want holy bread, back to corn, God's corn. Wir wollen nicht mehr Schmarotzer sein am Körper Amerikas. Wir wollen unsre Ehre zurückgewinnen in unsrer Heimat, wir verlangen Angola. Wir haben große Fonds und so komisch, wie es klingen mag, gerade die angelsächsische Oberschicht unterstützt uns. Dort in Angola können wir unser nationales Leben leben, dort wird sich unser Rassegenius entfalten, dort werden wir erst die echte Negerwissenschaft, die echte Negerarchitektur, das echte Negerfamilienleben schaffen. Was haben wir gehabt von zwei Jahrhunderten krampfhafter Assimilationsversuche? Wir sind immer noch schwarz. Statt unsre uralten geheiligten Riten zu pflegen, haben wir fremde Sitten angenommen. Wozu? Warum? Genügt uns unser Afrika nicht? Unsre Frauen ziehen sich elegant, allzu elegant an, sie tun so, als ob ihnen der Grasrock nicht genügt. Ich möchte nach Hause zu meinem eigenen Blut und meinem eigenen Boden. Ich will, dass wir uns endlich wieder zu *uns* bekennen. Lasst uns mit Stolz die Nasenringe tragen.«

»Großartig«, sagte Bromwich, »Sie wissen, dass ich 10 000 Dollar Mitgliedsbeitrag zahle.«

»Ja«, sagte Lincoln, »Sie sind ein Freund der Neger.«

»Mr. Lincoln«, sagte Herr Lewin, der Vertreter Palästinas, den ich übrigens oft in der guten Gesellschaft New Yorks getroffen habe, »wie Sie mir aus der Seele sprechen, was haben wir von den Assimilationsversuchen gehabt, unsre heilige Sprache haben wir verloren und Leute werden uns zugerechnet, die nichts, aber auch garnichts mit Juden zu tun haben, Abtrünnige, die in allen möglichen Sprachen geschrieben haben nur nicht in ihrer eigenen, der hebräischen, Heinrich Heine und Spinoza und Bizet, der lieber *Carmen* mit Zigeunern und Stierkämpfern komponierte, als sich ein jüdisches Thema zu suchen, sie sind sich als Deutsche und Franzosen vorgekommen, als Russen und als Amerikaner, sie haben ihr Judentum verleugnet, eine Schande ist so was. Wir werden unsre Ehre erst in unserm eigenen Land wiederfinden. Dort werden wir eine eigene Fahne haben, weiß zwar nur und mit dem blauen Zeichen der Gotteskindschaft, nicht mit einem Raubtier wie die glücklicheren anderen Völker, Löwe oder Adler, aber immerhin eine Fahne und eine Armee. Ungarn werden Husaren Judas, können prächtige Reitergenerale werden.«

»Ja«, sagte Aji Tendilkowarakar, von dem ich erst in diesem Augenblick merkte, dass er ein Inder war, »auch unser höchster Wunsch ist eine eigene Armee und eine eigene Fahne, damit man uns mit Ehrerbietung begegnet. Ich bin erst glücklich, wenn ich keine Engländer mehr sehe. Ich bin 1939 gerade mit meinem Studium fertig gewesen und konnte nicht zurück. Meinen Sie, es wäre für mich möglich gewesen, eine Stellung in England zu bekommen? So neidisch und missgünstig sind sie, alle Stellungen sind für Engländer reserviert. Metallarbeiter hätte ich werden können.«

Dolgelly griff ein: »Ich bin gewiss der Letzte, der die kleinliche Politik der Berufsverbände verteidigen will, aber die englischen Intellektuellen sind auch nicht auf Rosen gebettet.«

»Und noch etwas«, sagte Merton, »den Indern in London den Hof zu machen würde sehr gescheit sein. Die Nazis haben jedem den Hof gemacht, der ihnen nützen konnte. Die Engländer kommen nicht auf die Idee, jemandem den Hof zu machen, weil er mit ihrer Sache sympathisiert. Im Gegenteil! Noch weniger machen sie jemandem den Hof, weil er ihnen nützen könnte. Für diese Haltung spricht vieles.«

»Danke«, sagte Dolgelly, »aber es ist viel Hochmut in dieser Haltung.«

»Und ob!«, sagte der Inder, »Wissen Sie, dass ich Sie nicht nach Durban in ein Hotel einladen könnte, weil ich farbig bin?«

»Und ich Sie nicht nach Miami, weil ich Jude bin«, sagte Lewin.

»Und ich Sie nicht nach New Orleans, weil ich schwarz bin.«

»Na und?«, sagte ich, »trifft man sich eben wo anders.«

»Wir haben keine Ehre. Ehre hat nur, wer sich selbst vertritt«, sagte der Inder.

»Sie haben den niedrigsten Lebensstandard der Welt,

die Lebenserwartung des Durchschnittsinders ist 25 Jahre. Und Sie glauben, Sie können das ändern, wenn Sie erst selbstständig sind, wo Sie dann diese ungeheuren Rüstungsausgaben haben? Und was ist mit den Mohammedanern?«, sagte Merton.

»Wir haben uns längst über den Kopf der Engländer weg geeinigt. Wir evakuieren alle Muslim aus den Hindugebieten und alle Hindu aus den Moslemgebieten. Diese Frage macht heutzutage gar keine Schwierigkeiten. Es handelt sich dabei um allerhöchstens 50 Millionen Menschen. Man hat festgestellt, dass bei derartigen Evakuierungen höchstens mit einer Sterberate von 5 % gerechnet werden muss. Das ist natürlich ganz irrelevant.«

»Ganz irrelevant«, sagte Merton, »nur 2½ Millionen Tote. Und wie wollen Sie die transportieren?«

»Mit unsern eigenen Transportgesellschaften. Was mit der Eisenbahn nicht geht, geht mit Autos, was mit Autos nicht geht, geht zu Fuß und dann ist die indische Frage gelöst und wir sind Herren im eigenen Lande.«

»Sie haben übrigens völlig recht, 5 % ist die Sterbequote, die man bei allen Evakuierungen errechnet hat«, sagte ein Franzose, M. Dupont.

»Diese Evakuierungen, abgesehen natürlich im Ostgebiet, wo sie ja völlig berechtigt sind, nach dem, was Russland gelitten hat, sind eine großartige Erfindung des angelsächsischen big-business sowohl was den Eisenbahn- als was den Flugzeugverkehr anbetrifft«, sagte Herr Bergmann, ein deutscher Kommunist.

»Sie billigen also die Abtrennung der Ostgebiete?«, fragte Merton.

»Na selbstverständlich! Sie etwa nicht?«, sagte Bergmann, »Sie sind einfach ein Imperialist!«

»Wieso?«, sagte Merton, »weil ich die Abtrennung der Ostgebiete für ein Unglück halte?«

»Sie sind ein deutscher Imperialist.«

»Aber ich bin Amerikaner.«

»Mit einem Bindestrich. Sie sind wohl Deutsch-Amerikaner?«

»Nein, meine Mutter war schottischer Herkunft, mein Vater halb Ire, halb Engländer«.

»God forbid«, sagte Dolgelly, »wir geraten ja in eine Nazidiskussion.«

»Ich will nur sagen,« sagte Bergmann, »dass ich Sie nur dem Pass nach für einen Amerikaner halten kann, Ihrer Gesinnung nach sind Sie Wahldeutscher.«

»Sie haben völlig recht«, sagte Gauntlett, »ein Pass ist nicht mehr maßgebend. Unsre Sozialisten are little else than Central-Europeans because State Socialism, which is their faith, was made in Germany.«

»Ladies and Gentlemen«, sagte Lord Hawks, »ganz Europa hungert. Millionen Menschen sind überall zum Dasein des Höhlenmenschen zurückgekehrt. Die Pest, die, im vorigen Winter von Deutschland ausgehend, die Welt mehr Menschen gekostet hat als der Krieg, flackert immer wieder hier and da auf. Wir haben ganz einfache Aufgaben: Wir müssen Millionen ernähren. Wir müssen Millionen Menschen Schutz gegen Erfrieren verschaffen. Wir wollen anfangen, wieder Gasleitungen in Ordnung zu bringen, Wasserwerke und Elektrizität. Ich persönlich bin sogar dafür, dass das allgemeine Morden ohne Gericht aufhört. Aber das sage ich in keiner offiziellen Eigenschaft und ich bitte die hier anwesenden Journalisten auch nicht darüber zu berichten.«

»Das heißt, Sie wollen auch Deutschland in Ordnung bringen?«, sagte Gauntlett, »Most charming, I must say.«

»Die Sache mit dem Rheinbund halte ich für sehr bedenklich«, sagte Merton, »es ist ausgeschlossen, dass die englische und vor allem die amerikanische Jugend noch einmal auf den Schlachtfeldern verblutet, um den Rheinbund von Deutschland fernzuhalten«, sagte Merton.

»England ist keine Großmacht mehr«, sagte M. Dupont, »mit Hilfe unsrer östlichen Freunde sind wir endlich wieder eine Grande Nation mit einer Grande Armée. Wir stehen endlich wieder dort, wo wir standen, bevor wir von Metternich und Lord Castlereagh betrogen wurden.«

»Und habt 25 Millionen Einwohner, die rapide sinken«, sagte Merton. »Mir wäre eine geordnete Wirtschaft lieber gewesen.«

»Was verstehen Sie unter geordneter Wirtschaft«, sagte Dupont, »vielleicht Ihre Lohndebatten? Vielleicht Ihre anspruchsvollen, unpatriotischen Arbeiter? Bei uns gibt es keine Lohndebatten mehr. Wo hat uns der 8-Stundentag hingeführt? Zur Niederlage. Russland hat den 12-Stundentag, ja den 14-Stundentag eingeführt, sonst wird nicht genug geschafft und Sie wollen das hindern? Der Staat hat einen Anspruch auf die Arbeitskraft aller seiner Bürger. Haben wir dazu nationalisiert, damit weniger gearbeitet wird? Nein, damit mehr gearbeitet wird und damit endlich Schluss ist mit diesem ganzen Unsinn wie kollektivem Arbeitsvertrag, Lohnstreitigkeiten. Die Nation zahlt einen bestimmten Lohn, darüber wird nicht debattiert. Wir haben keine hoch verdienenden Kapitalisten mehr, das ist die Hauptsache, wir sind Herren der Produktionsmittel.«

4. Kapitel

Da ich sehr gut deutsch sprach, wollte ich gern mit den Deutschen reden. Man ging einen Korridor entlang, um in die andern Wagen zu gelangen. Als ich dorthin zu den Deutschen kam, hatte ich sofort das Gefühl, ich bin viel zu gut angezogen. Ganz offenbar standen sie dort wie wohl überhaupt in Europa auf dem veralteten Standpunkt, dass es tugendhaft sei, möglichst wenig auszugeben. Bei uns kennen die kleinen Kinder das Wort »sparen« nicht mehr. Ich begann die Unterhaltung mit einer Frage, die ich nie mehr an einen Deutschen richten werde. Ich sagte: »Sind Sie glücklich, Hitler los zu sein?«

Ein junger Mann in zerrissener Uniform sagte: »Hitlers Zeit war die einzige, in der die Deutschen ein glückliches Volk waren. Von 1934 bis 1940, das war die große, die herrliche Zeit, damals fühlten wir uns gleichberechtigt, damals war die Schande des Versailler Vertrags getilgt, Hitler hatte gerade angefangen uns von den Juden zu befreien und wir sahen großen Zeiten entgegen.«

»Ja«, sagte ein Zweiter, »ohne Leute wie Sie hätten wir die Vereinigten Staaten von Europa, die Bolschewisten besiegt, die jüdische Pest ausgetilgt und den ewigen Frieden. Und was ist mit den Ostprovinzen und dem Rheinbund, wollen Sie das vielleicht billigen?«

Ich sagte: »Hitler hat die ganze Welt in den Krieg gestürzt. Er hat ganze Dörfer in Italien, Griechenland, Russland und Polen ausgerottet und die Deutschen haben das alles mitgemacht.«

Der junge Mann in der zerrissenen Uniform wurde blutrot und sagte: »Das sind die Lügen, die sie über uns verbreiten. Die Russen haben ihre eigenen Leute in Massen umgebracht. Aus den Häusern in Italien und in Polen und überall ist auf unsre Leute geschossen worden. Es waren lauter franctireurs. Ein Zivilist, der sich in einen Krieg der Soldaten einmischt, der muss mit seinem Leben büßen. Es gibt doch noch ein Kriegsrecht in der Welt. Unser Volk hat zum zweiten Mal gelitten und geblutet, wir haben unser letztes hergegeben, um das Vaterland zu retten. Meine Frau und meine zwei Kinder wurden in München von Bomben getötet und ich habe mein bissl verloren. Mir hat 1938 die Partei als Belohnung für treue Dienste ein kleines Geschäft von so einem Juden gegeben. Ich habe es zwei Jahre geführt, dann ist es von den Juden gebombt worden. Ich habe nichts, nichts mehr auf der Welt. Und nun soll ich noch Reue empfinden? Ja Herrgott, gibt's denn gar keine Gerechtigkeit auf der Welt? Unser Herr Hitler, der im Himmel ist, der hätt das nicht zugelassen, wie es dem deutschen Volk geht …«

»Wieso wissen Sie denn, dass Sie von einem Juden gebombt wurden?«, sagte ich.

»Wir sind alle von Juden gebombt worden. Die Pilots der königlichen Luftflotte waren arme Opfer der Weltjudenheit, die die Fäden in der Hand hielt, Morgenthau und Blum und Roosenfeld und die weißen Juden der Londoner City.«

»Weiße Juden?«, fragte ich.

»Ein weißer Jude ist ein Jude, der gar kein Jude ist.«

»Und was sagen Sie zu den Konzentrationslagern?«

»Das ist alles im Dienst geschehen und auf Befehl. Wir haben uns alle unter unserm Herrn Hitler als Mitglieder einer großen Armee gefühlt, wo jeder einen wichtigen Posten auszufüllen hatte. Kein Mensch ist in Deutschland außerhalb des Dienstes misshandelt worden.«

»Nu seien Sie doch vernünftig«, sagte ein älterer Mann, »so denken doch nicht alle. Wir wissen doch, dass der Hitler uns in Unglück gestürzt hat.«

Ein junges Mädchen sprang auf: »Wie können Sie so was sagen? Eine Schande ist das.«

»Na seien Sie friedlich, Sie sind noch so jung, dass Sie keine Ahnung haben. Wir haben doch gewusst, was das für Verbrecher sind, alle haben sie in die eigne Tasche gewirtschaftet, aber zuerst hat man eben geglaubt, sie werden Deutschland mächtig machen, ist doch klar.«

Das junge Mädchen sagte: »Wir stehen alle hinter dem toten Führer. Es wird schon wieder die Zeit kommen, wo Deutschland gefürchtet ist.«

»Lassen Sie mich mit der Politik zufrieden«, sagte eine nett aussehende Frau, »ein Volk kann sich nicht selbst regieren. Wenn mir meine Mutter vom Kaiser erzählt hat, das klang wie ein Märchen. Ich denke manchmal, das Schlimmste war, dass sie 1918 die Fürsten abgesetzt haben. Was wäre aus England geworden ohne König? Ich würde gern englisch werden oder amerikanisch. Aber die fühlen ja keine Verpflichtung. Die überlassen uns ja uns selber. Drüben in Russland herrscht Ordnung. In Oberschlesien rauchen die Schornsteine und sie arbeiten mit Volldampf.«

Als ich in unsern Wagen zurückkam, sagte gerade ein Pole: »Lieber Merton, haben Sie denn eine Ahnung, was die Polen durchgemacht haben? Meine ganze Familie wurde ermordet, in meinem Dorf sind die Kinder polnische Analphabeten. Die Jugend ist mit Rauchen, Drogen, und venerischen Krankheiten infiziert worden. Ein friedliches Land ist überfallen worden.«

»Ich habe die allergrößten Sympathien mit Ihnen. Ich habe die größte Verachtung für die Deutschen, die das anstellten. Aber Poslawski, was wollen wir? Wollen wir Rache? Und neue Kriege? Oder wollen wir den großen und langandauernden Frieden? Was haben Sie getan, als die Tschechoslowakei am Boden lag? Sie haben versucht, den fettesten Bissen zu kriegen.«

»Warum?«, antwortete Poslawski. »Weil in diesem grotesken Vertrag von Versailles die Tschechen Stücke Land bekommen haben, die ihnen absolut nicht zukamen.«

»Dieses Spiel spielt die Menschheit seit einigen tausend Jahren«, sagte Merton. »Ich bin der Letzte, der findet, dass es auf ein paar Hundert Quadratmeilen ankommt. Aber solange das der Maßstab für Ehre ist, solange alle nationale Leidenschaft sich auf ein paar Quadratmeilen Land irgendwo erstrecken kann, soll man sehr vorsichtig mit territorialen Änderungen sein, die nächste Generation muss immer dafür sterben. Wir alle leben in *einer* Welt.«

»Aber warum damit 1945 anfangen? Polen ist immer wieder geteilt worden. Wenn es in der Welt eine Gerechtigkeit gäbe, dann wäre Polen das ganze Land zwischen Kiew und Breslau zugekommen. Breslau ist eine polnische Gründung.«

»So wie London eine römische.«

»Richtig.«

»Und die Ukrainer sind keine Polen«, sagte Merton.

»Die Deutschen haben Menschen aller Nationen in Viehwagen erstickt, einfach in Viehwagen ohne Luft und Nahrung gepackt und dort ersticken und verhungern lassen. Und dafür sollen wir nicht wenigstens zwei Provinzen bekommen?«

»Für wieviel Tote ist eine Provinz die richtige Sühne und für wieviel zwei?«, sagte Hawks.

»Dafür soll es keine Sühne geben?«, sagte Poslawski.

»Natürlich soll es Sühne geben. Sühne für den Einzelnen, die der Einzelne versteht. Kollektivstrafen sind immer barbarisch. Wir versuchen das Gesetz ins Völkerleben einzuführen, eine Art von Polizei, dann kann es auch nicht mehr Kollektivstrafen geben. Ich würde keinen Nazi in die Gesellschaft der Menschen aufnehmen. Ich würde einen Mann wie den Quanten-Planck, der einer der größten europäischen Gelehrten ist, boykottieren, weil er für Hitler im Deutschlandsender sprach, boykottieren sämtliche deutsche Generäle, denn sie haben diesen Krieg vorbereitet und mitgemacht, Zuchthaus für sämtliche Mitglieder der ss inclusive des Hohenzollern August Wilhelm und des Herzogs von Sachsen-Coburg-Gotha und inclusive des letzten Proletariers, der sich nachträglich als verführt hinstellt. Ich würde ja auch sämtliche Luftschutzwarte mindestens zu einigen Jahren Gefängnis verurteilen, weil alle diese Leute zuverlässige Nazis waren und zum Bespitzeln ihrer Mitbürger eingesetzt wurden. Aber alles, was man heute unter dem Wort »Evakuierung« versteht, das heißt die Vertreibung von Menschen von Haus und Hof wegen ihrer Staats- oder Rassenangehörigkeit oder aus welchem Grunde immer, ist ein Rückfall in den Sklavenhandel.«

»Warum sind Sie, ein Amerikaner, für sogenannte Milde? Weil Sie nicht den Aufstieg der arbeitenden Klassen wollen, Sie wollen den Monopolkapitalismus erhalten«, sagte Herr Bergmann.

»Sind Sie denn ein Mitglied der Partei? Sie sagen so merkwürdig überholte Sachen«, sagte ein Herr, den wir alle nicht kannten, zu ihm leise. »Wir haben doch längst aufgehört, die Deutschen zu hassen? Die Ehrenburgsche Hassperiode ist beendet. Die Deutschen sind von den Nazis verführt worden und wir im Gegensatz zu allen andern Ländern begegnen ihnen mit Liebe. Sie sind doch nicht etwa Trotzkist?«

Bromwich, der auf den leise sprechenden Fremden nicht geachtet hatte, freute sich diebisch über den Angriff Bergmanns auf Merton. »Schön!«, schrie er und schlug sich die Schenkel, »wir müssen Sie zum Präsidenten machen, Merton, das ist die einzige Rettung. We will be all government officials and nobody will be allowed more than 5 rooms and to make use of his brain. Und während es in England nur noch 1 % Zinsen gibt, also praktisch keine, und bei uns 2 %, bildet sich in Russland die privilegierte Oberschicht der Sowjets und die Aristokratie der Roten Armee. Und während alle Schlagworte längst nicht mehr wahr sind, predigen unsre Herrn Mertons immer noch das russische ›Arbeiterparadies‹.«

»Aber Mr. Bromwich, ich bin doch nun wirklich kein Kommunist.«

»Kommt alles auf eins raus!«, sagte Bromwich.

Onkel Phipps kam in den Wagen und sagte: »Der Frieden von 1918 ging von der richtigen Voraussetzung aus, dass ein Zusammenleben von Menschen, die nicht ganz gleich sind, unmöglich ist. Und wie sollte man für Menschenleben eine andre Entschädigung finden als in Geld? Es ist das gesunde Prinzip der einklagbaren damages. Drei Milliarden und 500000 Eisenbahnwagen gleich einer Million Gefallener. Natürlich ist ein Stück Land noch ehrenvoller und 500000 neue Einwohner ehrenvoller als 50000. Das ist immer so gewesen. Und alle diese neuen Ideen von Brighton Beeches oder Clefton Timber sind totgeborne Kinder. Ich stehe und stand ja immer auf dem Standpunkt, dass wir diese treuhänderische Verwaltung von etwas übernommen haben, das uns nicht gehört, ist völliger Unsinn. Man muss Deutschland endgültig teilen. Der Osten bis zur Elbe, weil er doch rassisch den Slawen zugehört, an Russland, der Norden, der germanisch ist, an die Angelsachsen und der romanische Westen und Süden an Frankreich resp. Italien.«

»Weil die Teilung Polens so eine success story war«, sagte Merton.

Wir fuhren furchtbar langsam und so sprach man über das Eisenbahnproblem. Es gab zwei Meinungen darüber, ob man das Schienensystem in Deutschland reparieren solle oder nicht. Bromwich und Gauntlett waren der Meinung, dass man alle Schienen in Deutschland zu entfernen habe, erstens um den Schaden in andern Ländern gut zu machen, zweitens um einen Konkurrenten loszuwerden. Merton und Lord Dolgelly meinten, je eher Ordnung in Deutschland herrsche, um so besser. Er sagte: »Das große Unglück der Welt kam daher, dass man glaubte während der dreißiger Jahre, man könne ein Vacuum der Moral inmitten Europas dulden. Man kann kein Vacuum welcher Art immer inmitten Europas dulden. Die Russen haben prinzipiell keine deutschen Fabriken gebombt, weil sie Warenfülle auf alle Fälle für wichtiger hielten als Warenknappheit und weil sie das ganze Ostgebiet in ihr Wirtschaftssystem einbezogen haben. Oberschlesien mit der ganzen Ecke bei Mährisch-Ostrau ist ein größeres Industriezentrum als je die Ruhr und selbstverständlich ist das Eisenbahnnetz wiederhergestellt worden mit dem Centrum in Moskau und Charkow. Und was ist im übrigen Europa? Der black market in billiger deutscher Kohle blüht in allen Ländern und während die Trade Unions die Unterbietung durch die billige deutsche Kohle bekämpfen, erklären die Fabrikanten, sie seien nur durch die billige deutsche Kohle gegenüber Amerika mit seinen Exportdollars konkurrenzfähig. Der Kampf geht jetzt seit Monaten zwischen Rockegie und Lord Coalside um den Besitz der deutschen Kohlengruben.«

Merton und Dolgelly gingen nun auf den Korridor.

Wir hörten nun glücklicherweise auf zu politisieren und Bromwich erzählte eine lustige Geschichte nach der andern. Kurz vor Berlin kamen mit großem Hallo Ethel Fielding und Raymond Warren, zwei Amerikaner, in unsern Wagen. Warren war ein junger gutaussehender blonder Mann aus Boston. Er ist ein Verehrer von Mrs. Bromwich und man sagte, er sei sogar mal mit ihr verreist gewesen. Ethel sagte zu Onkel Phipps, sie hoffe, man bekäme gutes Essen in Berlin. Onkel Phipps sagte: »Ich habe zwei Kisten Fleischkonserven mit. In Bezug auf Essen kann man nichts dem Zufall überlassen.« Ethel hatte 20 Kilo Schokolade mitgenommen. Bromwich schoss natürlich den Vogel ab, er hatte einen ganzen Waggon Lebensmittel an den Zug gehängt, viele Delikatessen darunter.

Onkel Phipps sagte: »Sie sollten Dinners geben!«

»Of course«, sagte Bromwich, »ich hoffe, die hübschen Mädchen Ethel and Maud werden teilnehmen.«

»Ich habe nichts dagegen«, sagte ich, »wenn ein paar nice boys kommen.«

»Warum nice boys?«, sagte Bromwich und er sah mich so an, dass ich dachte, ein erwachsener Mann ist eben doch was anderes als ein Junge, und ein so erfolgreicher Geschäftsmann wie Bromwich, das schmeichelt einem und ich hatte das Gefühl, einer der mächtigsten Männer Amerikas hat sich in dich verliebt und er wird sich von seiner Frau scheiden lassen und er wird dich heiraten. Er ist zwanzig Jahre älter als ich und er wird die Reise von Raymond Warren und seiner Frau dazu benutzen, dass ich den Schmuck bekomme, trotzdem das ja eigentlich Unsinn ist, denn Schmuck wird sehr bald nicht mehr viel wert sein, wenn es darauf ankommt, möglichst viel auszugeben. Aber jede Woche werde ich in der *Vogue* abgebildet werden und Tante Ketta Phipps wird sich nicht mehr so vorkommen.

5. Kapitel

Unser Hotel, das einsam in einem großen Walde lag und nur für die Kommission da war, war entzückend und mein Badezimmer war so elegant wie ein New Yorker.

Ethel und Bromwich kamen noch in mein Zimmer und nach einer Weile noch Raymond. Wir waren sehr lustig. Bromwich brachte einen Mixingbecher und fabelhafte Schnäpse. Wir setzten uns auf den Rand der Badewanne, weil wir nur das Gurgelglas und noch ein Glas hatten, so dass wir am Auswaschen blieben, aber außerdem war das Badezimmer genau so groß wie das eigentliche Zimmer und unbeschreiblich elegant. Wir wurden leicht angeheitert und Bromwich gab mir einen Kuss und Raymond gab Ethel einen. Ethel wurde völlig verzückt und sagte, sie hätte nicht geglaubt, dass es so ein Glück sei, in Deutschland zu sein. Während wir da saßen und lachten und tranken, klopfte es an unsrer Tür. Wir bekamen einen furchtbaren Schreck. Wir dachten, es wäre einer von den Engländern, womöglich Miss Battle-Abbey, die wir gestört hätten. Man hatte uns vorher gewarnt, dass für Engländer »noisy people« dasselbe bedeutet wie Diebe und Einbrecher und wir wollten uns doch nicht schon am ersten Abend unmöglich machen. Aber glücklicherweise kam nur ein Russe herein, Schirikoff. Wie mir später Bromwich sagte, das Haupt der russischen Propaganda in Deutschland. Schirikoff war reizend und sagte, dass er Einkäufer sei. Später kam noch ein Russe, Bestmann, der sagte, dass er Journalist sei, aber in Wirklichkeit war er von der Handelsdelegation. Ich erfuhr später, dass, wenn ein Russe sagt, er wäre Schauspieler, dann wäre er meist G. P. U. Agent und wenn Einer sagte, er gehörte zum obersten Rat, dann wäre er Lokomotivführer. Das ist Teil des bolschewistischen Systems. Privat aber wären Russen fast wahrheitsliebender als andre Menschen. Schirikoff, der eine herrliche Uniform anhatte – weiße Jacke, dunkelgrüne Pumphosen und hohe schwarze Lackstiefel –, sagte, er habe uns lachen und englisch sprechen gehört und da habe er gedacht: »Ja, unsre Alliierten sind gekommen«, und da nehme er sich die Freiheit, uns zu begrüßen, und er wolle guten, echten Wodka holen und seinen Freund Bestmann. Und er kam dann mit dem andern, der ganz in hellblaues Tuch gekleidet war, und einer Menge Gläsern und einer Riesenflasche und einer Dame in mittleren Jahren, die sich neben mich setzte und mich sofort fragte: »Sind Sie glücklich?« Und als ich »Ja« sagte, sagte sie: »Wen lieben Sie? Den jungen Mann dort?«

»Nein«, sagte ich.

»O, ich sehe«, sagte sie und zeigte auf Bromwich, »er hat kein gutes Gesicht. Sie könnten da manche Enttäuschung erleben. Es fehlt an Herz. Das Herz ist viel wichtiger als alles andere. Meine Schwester war bei der Gesandtschaft in Zürich und da verliebte sie sich. Ich schrieb ihr, sie solle sich erst genau orientieren, ehe sie sich darauf einlasse. Aber sie schrieb mir, es gäbe keine Wahl für sie und sie folge ihm. Sie liebte ihn sieben Jahre lang, bis sie starb. Sie schrieb mir von nichts anderem. Es war ganz hoffnungslos. Versprechen Sie mir«, sagte sie und dabei fasste sie mich an der Hand, »dass Sie sich nicht in diesen Herrn da verlieben.« Ich kannte sie genau zwei Minuten, als sie mir das sagte. Aber ich hatte das Gefühl, ich müsste ihr alles sagen. Ich wusste plötzlich, dass ich ganz jung war und ganz unerfahren, und dass ich mich in gefährliche Abenteuer begab ganz ohne Kompass, und dass ich niemanden kannte von dem ich wusste, dass er es gut mit mir meinte, denn Onkel Phipps ist ja noch nie auf die Idee gekommen, überhaupt über irgendeinen Menschen was zu denken. Frau Schirikoff hatte ein breites, ja dickes Gesicht mit sehr großen hellblauen Augen, das noch immer sehr schön war, und graue Haare, und dazu trug sie einen grauen Persianerpelz genau in der Farbe ihrer Haare. Sie war ungemein groß und dick und ganz anders als alle älteren Frauen, die ich kannte. Ich sagte ihr, dass Bromwich einer der mächtigsten Männer Amerikas sei und dass seine Frau eine society hostess … aber da hörte ich schon auf zu reden, denn es fiel mir ein, dass ich ja mit einer Russin rede und dass die doch nicht weiß was society ist, ich sagte also, dass seine Frau eine beauty ist und dass sie den schönsten

Schmuck … aber da fiel mir ein, dass Schmuck ja kein Wert in Russland ist, noch weniger als er es allmählich auch bei uns ist, und so sagte ich, dass sie sehr viele Verehrer habe.

Ich merkte, dass Bromwichs Anziehungskraft kaum eine in russischen Augen ist, und ich konnte ihr nur sagen: »You see, to be loved by Bromwich would mean a great deal in America«, und ich fragte sie, ob nicht auch in Russland ein people's artist oder ein Kommissar reizvoller für ein Mädchen ist als ein Arbeiter?

»Natürlich«, sagte Frau Schirikoff, »die Menschen ändern sich doch nicht. Der Traum unsrer jungen Mädchen ist genau so wie überall, Balletteusen und Schauspielerinnen zu werden. Es hat vor ein paar Jahren einen aufsehenerregenden Betrugsprozess gegeben. Da hatte sich die Fahrstuhlführerin in einem Amt in den höchsten Beamten verliebt, er war 39 Jahre alt und sehr hässlich, sie war siebzehn und bildschön. Er nahm, was sich ihm bot, und heiratete sie. Sie hatte aber nicht genug mit dieser Heirat, sie wollte Schauspielerin werden. Der Beamte, der sich nun seinerseits in die Frau verliebt hatte, konnte sie nur halten, wenn er ihr Mäzen wurde, er erhielt die Schauspielschule, die sie besuchte, er bezahlte ihre großen Toiletten und schließlich stellte sich heraus, dass er 23 000 Rubel für die Theaterleidenschaft seiner Frau an öffentlichen Geldern unterschlagen hatte.«

»Und was passierte?«

»Er wurde zum Tode verurteilt.«

»Wie«, sagte ich, »Todesstrafe für Eigentumsverbrechen? Und noch dazu, wo es ein Verbrechen aus Leidenschaft ist. Es gibt viele Geschichten in der englischen Literatur, die das selbe Thema behandeln, wie ein junges Mädchen sich in einen alten berühmten Mann verliebt und wie der nicht möchte, sich aber schließlich doch verführen lässt und wie es dann rasch bei dem Mädchen zu Ende ist. Natürlich unterschlagen sie dann nicht alle, aber selbst wenn sie es täten… würde man ihnen einige Jahre Gefängnis geben. Sie tun es ja nicht aus Schlechtigkeit.«

»Aber das ist doch ganz etwas anderes, Ihr Mann schädigt irgendwelche Privatleute, doch nicht die Community.«

»Aber man kann doch einen Menschen nur danach beurteilen, was er für Motive hatte, nicht nach dem Ergebnis. Stellen Sie sich einmal vor, es gehen 200 Menschen bei einem Eisenbahnunglück zugrunde, da wird man doch den Lokomotivführer nicht wegen Mordes an 200 Menschen verurteilen, sondern vielleicht wegen Fahrlässigkeit sein Amt verlieren lassen?«

»Nein«, sagte Frau Schirikoff, »es ist doch so schwer, eine neue Gesellschaft aufzubauen, Saboteure müssen mit dem Tode bestraft werden. Der Mann, der Staatsgelder unterschlug um der Eitelkeit seiner Frau willen ist ein Saboteur …«

»Und der Lokomotivführer?«

Aber da kam Herr Schirikoff und gab jedem von uns ein Glas Wodka und ich sprach nicht weiter mit Frau

Schirikoff. Ich kam nicht gleich darüber hinweg, dass der Lokomotivführer sterben soll, trotzdem er garnichts dafür kann. Ich sah ihn vor mir und sein Haus und seine Familie und ich hatte das schreckliche Gefühl, dass überall in der Welt gute unschuldige Menschen leiden müssen für etwas, wofür sie garnichts können. Da drehten sie das Grammophon an und wir begannen zu tanzen, Bromwich tanzte mit mir. Hatte ich mich wirklich in Bromwich verliebt? Oder war es nur gesellschaftlicher Ehrgeiz? Und plötzlich merkte ich, gesellschaftlicher Ehrgeiz war vieux jeu in Europa. Es kam nicht mehr darauf an, die Bromwichs zu heiraten. Sie waren ein Wert, der vielleicht rasch verschwand und dann saß man da. Schirikoff und Bestmann legten einen russischen Tanz auf und hockten sich auf den Boden und stampften und ich sagte zu Raymond: »Wenn bloß nicht einer von den Engländern raufkommt, weil wir zu laut sind.«

Raymond sagte: »Die beiden Lords kommen nicht, höchstens Miss Battle-Abbey.«

Dann tanzte Herr Bestmann allein, es war schöner als auf der Bühne und zuletzt küsste er den Boden, wo ich stand. Ich hatte noch nie eine Liebesgeste von solcher Kraft erlebt und ich war wie benommen. Bestmann sprang auf, nahm ein Glas Wodka, trank es auf mein Wohl und küsste mich. Alle lachten, weil ich einen ganz verwirrten Eindruck machte. Und ich hatte wieder das Gefühl, ich müsste Frau Schirikoff fragen, ob das was bedeute oder ob ich es gar nicht ernst nehmen solle, und ich wusste, sie würde mir ganz das Richtige sagen, aber ich musste an den umgebrachten Lokomotivführer denken und ich sprach nicht mehr mit ihr an diesem Abend. Es war auch schon sehr spät und wir gingen auseinander. Als Bromwich rausging, warf er mir einen sehr merkwürdigen Blick zu und ich konnte mir nicht helfen, ich war so glücklich wie noch nie im Leben.

6. Kapitel

Am nächsten Morgen klingelte ich nach dem Mädchen. Es kam eine Schönheit. Sie war sehr groß, hatte blonde Zöpfe um den Kopf und trug eine weiße Bluse und einen blauen Rock. Ich sagte ihr, sie möchte meinen Koffer auspacken. Sie sah mich an und sagte sehr höflich, ich möchte das bitte allein machen, sie sei nicht dazu da, den Feinden die Koffer auszupacken. Sie sei dazu da, Zimmer aufzuräumen, was sie schon ungern genug mache. Ich muss sagen, dass mir diese Haltung sehr imponierte.

Ich erzählte es beim Frühstück. Raymond sagte: »Es ist doch eigentlich großartig, von welchem Selbstbewusstsein die Deutschen sind. Ich kann mir nicht helfen, diese vollständige Ablehnung der Sieger ist außerordentlich imponierend. Das gefällt mir ungleich besser als die übertriebene Freundlichkeit, mit der man uns zuerst begegnete. Wir sind jetzt fast so weit, dass die Deutschen die Russen vorziehen. Ich gönne das den Russen.«

»Ja«, sagte Bromwich, »die Moral der Deutschen ist unübertroffen. Kein Bitte und kein Danke zu viel. Sie zeigen uns in jeder Geste, dass sie zwar besiegt seien, aber Würde genug besitzen, um sich nichts zu vergeben.«

Miss Battle-Abbey sagte: »Jeder kann sich ein Beispiel daran nehmen. Hitler hat wirklich den Selbstrespekt des deutschen Volkes wieder hergestellt. Er hat ihnen jenes Nationalbewusstsein gegeben, das die Franzosen und Engländer im 17. Jahrhundert erwarben.«

»Und wir versuchen dieses Nationalbewusstsein täglich und stündlich in Amerika den Einwandernden einzuimpfen. Wir sollten uns aber nicht darüber unklar sein, dass dieses Verdienst nicht nur Hitler zufällt, sondern auch unsrer genialen Nonfraternisation order«, sagte Raymond.

Einige Tage später spielte sich mit dem gleichen Mädchen eine sehr peinliche Szene ab, aus der ich immer noch nicht ganz klug werde. Ich kam in mein Zimmer, das völlig unaufgeräumt war, das Bett war ganz leer. Ich klingelte, niemand erschien. Ich ging zum Managing Director, einem schwer hinkenden, etwa dreißigjährigen Mann. Er rief das Mädchen, das sagte, dass sie keiner Jüdin das Zimmer aufräume. Der Managing Director erklärte, dass sie trotz der entsetzlichen Niederlage doch noch nicht so weit gesunken seien, um mit Juden unter einem Dach zu wohnen. Er habe Betten und Bettzeug zum Desinfizieren geschickt.

Ich erwiderte, ich sei keine Jüdin.

Er sagte, das sagten alle Juden und ich sähe aus wie eine Jüdin und sie hätten aus meinem Pass ersehen, dass ich aus New York komme, das bekanntlich eine jüdische Stadt sei.

»Wie?«, sagte ich. »Wie können Sie so etwas sagen! Es leben viele Juden in New York, aber ich gehöre zur angelsächsischen Oberklasse und von uns würde keiner mit Juden verkehren. Wir nehmen sie ebenfalls nicht in Miami in unsre Hotels auf.«

Der Managing Director aber glaubte mir nicht und sagte, ich müsse das Hotel verlassen.

Ich versuchte Bromwich zu erreichen, konnte ihn aber nicht finden. Statt dessen traf ich Merton, den ich wegen seiner radikalen Ansichten ungern zuzog. Merton bekam wie immer einen roten Kopf und erklärte dem Direktor, dass ich zur upper class von Amerika gehöre, und dass von Jüdin keine Rede sein könne, und dass sich die ganze Kommission dafür verbürge, und dass er sowohl wie das Dienstmädchen sich bei mir zu entschuldigen hätten.

In diesem Augenblick kam Lord Dolgelly, der wie immer einen leicht verschlafenen Eindruck machte. »What's the matter?«, sagte der Sekretär der englischen Mission. »I am a Jew.«

»O, no«, sagte der Direktor.

»Yes, I am. Have you ever seen a Jew?«

»No«, sagte der Direktor.

»So. Woher wissen Sie, dass Miss Phipps Jüdin ist?«

»Weil sie aus New York ist und so geschminkt ist und schwarze Haare und schwarze Augen hat.«

»Sie irren. Miss Phipps ist reinblütige Germanin, sie ist Angelsächsin sechsten Grades, Wikingerin vierten Grades, Dinarin dritten Grades, schottisch-schwedischer Mischblüter zweiten Grades und ich bin reiner Jude. Bringen Sie sofort die Betten zurück und entschuldigen Sie sich.«

Tatsächlich entschuldigte sich der Direktor.

Merton blieb völlig erstarrt stehen: »Entschuldigen Sie, Lord Dolgelly, ich muss mich ungemein entschuldigen. Ich habe an meine Zeitung geschrieben, dass die englische Regierung zwei Lords schickt, wäre doch unglaublich. Aber ich muss mich entschuldigen.«

»I am afraid, I had imagined you were not the kind of chap to be taken in by readymade labels.«

»You are not a Jew?«, sagte ich.

»Of course I am. And a Negro, too.«

Es war aber noch ein andres Dienstmädchen da, das uns allen peinlicherweise völlig beglückt und demütig begegnete.

Merton hatte eine lange Unterhaltung mit ihr, bei der sich herausstellte, dass sie die Tochter eines Mannes war, der im Konzentrationslager totgeschlagen worden war. Ihre Mutter war verrückt geworden und sie wäre sterilisiert worden, wenn nicht damals die Russen vor Ostpreußen gestanden hätten und alles drunter und drüber gegangen wäre.

Bromwich war die ganze Zeit sehr aufgeräumt. Seine Frau hatte ihm telefoniert, sie lasse sich gerade ein Flugzeug in der Farbe ihrer auburn Haare machen und alles innen mit smaragdgrünem Leder ausschlagen, passend zu ihren Augen.

Bromwich hat es durchgesetzt, dass kein ausländisches Flugzeug in Amerika landen darf. Da er schon vorher die Aktien sämtlicher Flugzeuge besaß, kann man sich vorstellen, wie glücklich er war. Warren sagte mir, Bromwich habe dafür Russland die Konzession für ganz Europa gegeben. England habe sein ganzes Empire incl. Afrika. Bromwich hat ferner England die Südsee konzediert wegen Australien, obzwar er sagte, Australien gehöre eigentlich zu Amerika, weil nur Amerika pazifische Interessen habe, und niemand könne bezweifeln, dass der pazifische Krieg weitgehend von Amerika geführt worden sei, und das gäbe Amerika vollständig das Recht, Australien zu annektieren. Unter amerikanischer Herrschaft würden sie Australien für eine europäische Einwanderung und eine chinesische, beschränkt natürlich, öffnen, etwa 150 Chinesen im Jahr. Wahrscheinlich würden sie dann bald zwischen 70 und 80 Millionen Einwohner haben.

Miss Battle-Abbey erwiderte: »Australia's main aim is to double or even treble her present population. Of course we only want immigrants of British or at least Scandinavian stock. Australia could do with twenty million.«

Lord Hawks sagte: »Ausgezeichnet. Zuerst weisen wir alle Leute von fremder Abkunft aus England aus, sagen wir zwei Millionen, dann schicken wir zwanzig Millionen Engländer nach Australien und, sagen wir, zehn Millionen nach Kanada und am Ende des Jahrhunderts haben wir dann glücklicherweise nur noch eine Bevölkerung von zehn Millionen zu ernähren.«

Miss Battle-Abbey erwiderte: »Do you not think that we ought to bear in mind first of all the welfare of our own people?«

»Ich hoffe, Sie nehmen es mir nicht übel«, sagte Bromwich, »wenn ich das englische Empire für einen Anachronismus halte? America ist von Leuten jeder Rasse, jedes Glaubens und jedes Landes gebaut worden. Russland wenigstens von Leuten von verschiedenen Rassen und Religionen. Aber was ist mit dem englischen Empire? Können seine Einwohner sagen: Civis Romanus sum? Was wäre aus Amerika geworden, wenn es bei England geblieben wäre? Zwanzig Millionen Einwohner, lebend vom Holzhandel.«

Hawks sagte ziemlich scharf: »Wenn es kein England gäbe, hätten wir alle nur die Wahl zwischen Hollywood-Mischung und Moskau-Mischung. In Kanada gibt es noch echte Franzosen. Aber was wird aus der lateinischen Grazie in New York?«

Bromwich hatte ferner durchgesetzt, dass kein Gummi nach Amerika eingeführt werden darf. Merton fand das empörend. Aber ich fand es selbstverständlich, dass wir unsre junge Industrie vor künstlichem Gummi schützen wollen.

Daraufhin wollten die Engländer keine Fords mehr in ihr Empire lassen, was Bromwich für unglaublich erklärte. Es wäre doch wohl ein Unterschied zwischen Rohstoffen und Fertigfabrikaten und das Fordauto sei das billigste und beste der Welt, und mit der Verhinderung der Einfuhr von Fordautos senke England den Lebensstandard seiner Bevölkerung. Genau das Selbe war es mit der Baumwolle.

Wir hatten uns entschlossen, Ausfuhrprämien für

Baumwolle zu zahlen, weil wir so teuer produzierten, dass sonst die Baumwolle von den armen Völkern nicht gekauft werden konnte. Aber was gedachte England zu tun? Sie wollten von dieser mit dem Geld der amerikanischen Steuerzahler verbilligten Baumwolle Kleider anfertigen lassen und damit Amerika überschwemmen, weil sie natürlich viel billiger wurden als unsre im Lande angefertigten.

Es tut mir alles sehr leid, denn an sich sind die Lords entzückend. Am Abend saß neben mir an der Bar ein Jugoslawe, ein junger Professor.

Später setzte er sich zu uns und wir sprachen ausführlich über den Teil von Europa, aus dem wir keine Nachrichten bekamen, die Welt von der Oder bis nach Wladiwostok. Der Professor hatte in Belgrad Naturwissenschaften gelehrt, irgend eine species von Biologie. Eines Tages war er gewarnt worden, dass er vor seiner Verhaftung stünde. Er floh unter schrecklichen Schwierigkeiten. Erst nach Monaten hatte er gehört, weshalb er verhaftet werden sollte. Er hatte bei Prüfungen sich über die geringen Kenntnisse der Prüflinge beschwert und zu einem gesagt: »Sie wären auch besser Handwerker geworden.«

Er wurde daraufhin beschuldigt, dass er das Interesse seiner Klasse im Auge habe und den Aufstieg der Proletarier hindern wolle. All das erfuhr er erst viel später. Da eine derartige Beschuldigung lebensgefährlich war, da man überhaupt bei einer Verhaftung nie wissen konnte, was herauskam, auch wenn man noch so unschuldig war, so war er sehr glücklich, in der angelsächsischen Zone zu sein.

»Paradies das!«, sagte Bromwich.

»Mr. Bromwich«, sagte der Professor, »so einfach ist es nicht. Die Bevölkerung in Jugoslawien ist glücklich. Sie haben ein Dach überm Kopf, sie haben reichlich zu essen. Sie können ihrer Religion nachgehen, sie haben Konzerte, Theater und Kunstausstellungen, wie sie sie nie gehabt haben. Sie können ihre schönen Trachten tragen. Sie haben keine Sorgen, was aus ihren Kindern wird, und sie bekommen sie reichlich. Kurzum, die Russen verschaffen den Menschen das, was sie sich von Ewigkeit zu Ewigkeit wünschen, panem and circenses. Zwischen den Kriegen, was war? Unsre guten Sachen, Pflaumen, Tabak, Weizen und kostbare Metalle haben wir nach Deutschland geschickt, weil sie uns niemand abnahm, und die Deutschen haben uns dafür Mundharmonikas oder wertlose Kinderphotoapparate gegeben. Wir haben die besten Zigaretten der Welt, aber wer wollte sie haben? Mr. Bromwich: Erst kommt das Essen, dann kommt die Moral. Sie müssen der übrigen Welt helfen ...«

»Lächerlich!«, sagte Bromwich. »Man verlangt von Amerika, dass es sich benimmt wie der heilige Martin und mit jedem Frierenden seinen Mantel teilt. Wir wollen unsern Lebensstandard aufrechterhalten.«

»Die Haves«, lachte Bergmann, höhnisch, »geben nichts an die Havenots.«

»Gespenster«, sagte Dolgelly, »the Haves, the Havenots, Reparationen, Gespenster.«

7. Kapitel

Einige Abende später saß neben uns an der Bar, groß, schlank, blond mit veilchenblauen Augen und dem himmlischsten weißen Spitzenkleid und altem Schmuck eine bezaubernde Frau. Mit ihr war ein famoser junger Mann. Sie sprachen beide glänzend englisch.

Es war ein Prinz Schlieben-Schlieben und eine Gräfin Wandsdorff. Wir nahmen sie an unsern Tisch, an dem Ethel, Raymond, Bromwich und Onkel Phipps saßen.

Die Gräfin erzählte äußerst amüsant von der Nazi-Schwefelbande, die man nun endlich ausgeräuchert habe.

Battle-Abbey entdeckte gleich gemeinsame Verwandte mit ihr und sie befreundeten sich.

Die Gräfin lud uns kurz darauf zu sich ein. Beide Lords sagten ab, was wir Damen als einen überflüssigen Affront empfanden.

Die Gräfin fragte Miss Battle-Abbey, warum die Lords abgesagt hätten.

»Meine Liebe«, sagte Miss Battle-Abbey tröstend, »Lord Hawks ist kein wirklicher Lord. Er ist Lord wegen Hawks' Soup.«

»What's that Hawks' Soup?«

»O, you do not know Hawks' Soup? But you can

imagine. He is a commercial peer. You can't take seriously such nobility. I would not even consider his wife a Lady.«

»Ich verstehe das nicht, dieser Suppenkrämer, der mein Haus meidet, ist konservativ und der Dolgelly, der doch aus sehr altem Adel stammen soll, ist ein Liberaler? Sehr komisch«, sagte die Gräfin. Das Haus war zauberhaft. Wir standen zuerst in einem Raum, dessen Wände mit Gobelins bedeckt waren und der nur Kerzenlicht hatte, und tranken Champagnercocktails. Nachher hatten wir ein unglaubliches Essen in einem runden Saal voll mit französischen Kommoden. In den weiteren Empfangsräumen waren Bilder sehr berühmter Meister. Mein Tischherr war ein sehr großer und gutaussehender, wenn auch nicht mehr junger Mann namens Stegen. Er machte mich auf eine Landschaft von Ruisdael aufmerksam. Er war der ehemalige Redakteur eines bedeutenden Blattes, das bis zu den Nazis liberal war. Ich war sehr froh, einen solchen Mann kennen zu lernen, und ich stellte ihn gleich Ethel und Raymond vor. Wir sprachen vom Film, und er erzählte von seiner Liebe zum Ballett, besonders zum russischen, und wir waren uns darüber einig, dass Hollywood verbesserungsfähig ist. Im Laufe des Abends stellte er uns noch einen zweiten Redakteur aus der Vorhitlerzeit vor, einen famosen Mann, der Reporter in jedem New Yorker Blatt hätte sein können. Raymond Warren war sehr froh über diese Bekanntschaften und sagte, er hoffe, die Herren besuchten ihn in seinem Office.

Die Zusammenstellung von Leuten für unsern Pressedienst war nämlich sehr schwierig. Die Engländer standen auf dem Standpunkt, dass nur Personen, deren beiderseitige Großeltern of British birth waren, Posten haben dürften, weil nur solche zuverlässig seien. Wir hätten jeden genommen, aber wir wussten nicht, wie das anfangen, um die Begabten zu finden. Wir hatten Fragebogen ausgearbeitet, aber es ist eben was anderes, wenn man Jemanden gesellschaftlich kennen lernt. Er flößt einem ein ganz anderes Vertrauen ein. Einen Menschen aus einem andern Land zu erkennen ist furchtbar schwer, bei einem Amerikaner weiß ich gleich, wo ich ihn hintun soll. Vielleicht gilt auch der Prophet nichts in seinem Vaterland, aber ganz bestimmt hat es der Schwindler im Ausland leichter. So empfanden wir es als einen besonderen Glücksfall, dass wir diese beiden famosen Journalisten bei der Gräfin Wandsdorff kennen gelernt hatten. Wir bekamen durch sie noch einen weiteren sehr willkommenen Zuwachs, einen Herrn Kraus. Er war 5 oder gar 6 Mal von den Nazis eingesperrt worden, also völlig unverdächtig.

Er war klein, fett und kahl und immer tadellos in schwarzem Morningcoat mit lang heraushängendem Taschentuch. Wenn er mit einem von uns sprach, stand er immer in leicht gebeugter, devoter Haltung vor uns. Merton und mich als Amerikaner nahm er nicht ganz für voll. Zu Miss Battle-Abbey hingegen sagte er immer nur Your Ladyship. »Would Your Ladyship be so graceful to attend to the Phone«, sagte er, wenn sie am

Telefon verlangt wurde. Er schwänzelte überhaupt immer um sie herum. Zu mir bekam er es fertig, »Miss« zu sagen. Miss Battle-Abbey hielt diese Rollenverteilung offenbar für selbstverständlich, ob wegen ihrer Schönheit, ihres Engländerinnentums oder ihres Prätorahnen, weiß ich natürlich nicht.

Kraus war der Erste im Büro und ging als Letzter abends weg. Nach drei Tagen war er unentbehrlich. Er legte Karthotheken an, er ließ Zeitungsausschnitte machen und begann selber das Archiv zu führen. Er verband uns am Telefon, weil wir doch nicht ohne deutsche Telefonfräulein auskommen konnten und wir sie sehr oft nicht verstanden. Wir hatten nicht genug Ordner mitgebracht. Er stellte selbst welche aus Pappe in seinen freien Abendstunden her. Er kannte alle, die in den letzten 20 Jahren irgendwie eine Rolle gespielt hatten, und wusste alles.

»Mr. Kraus«, rief Dolgelly, »how to get to the German frontier?«

»Always along the Frankfurter Allee«, said Kraus.

»I need the German Labour Laws«, sagte Merton und rief Kraus.

»You will have it tomorrow«, sagte Kraus.

»Who was Herr Stühlich?« fragte Miss Battle-Abbey.

»Obmann der 225. Schutzstaffel«, sagte Kraus.

Er war das Faktotum. Wir verachteten ihn ein bisschen und hatten ihn sehr gern und waren ihm tief dankbar.

8. Kapitel

Die Reinemachfrau in unserm Büro war eine alte Frau, die so sauber war, wie ich es noch nie an einer Reinemachfrau gesehen habe. Ihre armseligen Kleider waren gestopft und sie trug immer tadellos saubere Schürzen.

Sie erzählte Merton: »Meinen Mann habe ich im vorigen Kriege dem Vaterlande dargebracht, ich habe drei Söhne großgezogen, 1925 haben sie zum ersten Mal was verdient, denn in der Inflation, da konnte man ja nicht rechnen. Aber es war eine schreckliche Zeit. Unser Vaterland war geschändet und wir mussten Tribute zahlen und wir wurden von ganz gewöhnlichen Arbeitern regiert, die alles Höhere verachteten, und immerzu wurde gestreikt und die Arbeiter dachten nur an ihre Löhne und das Vaterland konnte zugrunde gehen. 1929 sind sie alle drei arbeitslos geworden. Wir haben nur von der Unterstützung gelebt, bis unser Erlöser kam. Sechs Jahre lang, 1933 bis 1939, ist unser Volk so glücklich gewesen wie nie vorher. Wir hatten alle Arbeit. Ich bin zum ersten Mal in meinem Leben im Theater gewesen und Kraft durch Freude hat mich auf eine Reise geschickt, mich arme Frau. Hören Sie gut zu, junger Mann, von mir können Sie viel lernen. Vielleicht ist das mit den Juden nicht immer recht gewesen, es gab auch anständige darunter. Aber dann haben sie Krieg gegen das deutsche Volk gemacht. Erst die Juden in England, dann die Juden in Russland und zuletzt die Juden in Amerika. Mein Ältester, das war ein so guter Junge, er hat mir immer die Hälfte von seinem Lohn gebracht, der hat sich sofort freiwillig gemeldet. Wenn wir diesen Krieg gewonnen haben, hat er gesagt, dann werden wir Ruhe haben für tausend Jahre und da die Juden uns vernichten wollen, so ist es besser wir vernichten sie. Und vorher hat er noch geheiratet, damit er Kinder hat, die ein besseres Leben sehen, und er ist in den Krieg gegangen in der festen Überzeugung, dass er fallen wird, und er hat sein Leben hingegeben für sein Vaterland und für unsern wunderbaren Führer. Er ist gleich in Norwegen gefallen und der Zweite ist in Russland gefallen und der Dritte ist bei einem Bombenangriff umgekommen. Wenn eine Mutter drei Söhne geopfert hat, dann spricht sie die Wahrheit. Nun wissen Sie, wie das deutsche Volk denkt.«

Merton, der zuerst auffahren wollte, sagte zu mir: »Was fängt man mit so viel Verwirrung an?«

Noch am selben Tag sprach er mit einem Taxichauffeur, den er zu einem Drink einlud. Der Taxichauffeur war fast sechzig, er hatte den vorletzten Krieg mitgemacht. Er war ein freundlicher Mensch, der sagte: »Ich bin nie ein Nazi gewesen, was denken Sie denn? Mit der Rasselbande wollte ich nie was zu tun haben, die haben ja dem Menschen das Gehirn wegamputiert, aber wenn das Vaterland angegriffen wird, dann eilt man eben zu den Fahnen.«

Merton sagte: »Aber kein Mensch hat Deutschland angegriffen.«

»Herr«, sagte der Chauffeur vertraulich, »det glauben Sie doch wohl selber nicht. Sie sehen doch, es ist alles so gekommen, wie der Hitler gesagt hat und wie unsereiner es nicht hat glauben wollen. Die Russen haben uns immer überfallen wollen und die Hälfte von Deutschland haben sie Polen gegeben. Das bleibt nicht so, darauf können Sie sich verlassen. Die nächste Generation wird es auszubaden haben. Genau das hat der Hitler verhindern wollen und es ist ihm nicht geglückt. Ich bin gewiss kein Hitlerfreund, aber die Broschüren, die sie uns aus Südamerika schicken, die haben völlig recht.«

»Broschüren aus Südamerika?«, sagte Merton.

»Ich habe eine bei mir«, sagte der Chauffeur.

Es war eine harmlos aussehende Broschüre mit hübschen Bildern aus Brasilien und Argentinien. Schon das erste Bild war eine Fälschung: »Leistungen des Neuen Regimes in Rio de Janeiro: Das Gesundheitsministerium.«

»Dieses Ministerium ist gebaut worden«, sagte Merton, »längst bevor die Nazis die Regierung in Südamerika übernommen haben.«

»Warum soll ich Ihnen das glauben?«, sagte der Chauffeur. »Die können doch nicht sagen, sie haben was gebaut, was sie nicht gebaut haben.«

»Doch«, sagte Merton.

»Na, Sie können viel leichter mir das erzählen, als dass die das drucken lassen.«

Merton überlegte und sagte: »Sie haben völlig recht. Wenn man die Menschheit daran gewöhnt, dass im allgemeinen gelogen wird, braucht nichts mehr wahr zu sein. Es ist garnicht so leicht, Ihnen zu beweisen, dass das eine Fälschung ist. Es ist sogar sehr schwer. Es gibt zwar ein Buch aus dem Jahre 1943, *Brazil builds*, aber wahrscheinlich gibt es davon nicht ein Exemplar in Deutschland, und was davon in Südamerika existierte, ist sicher längst von den Nazis eingestampft worden. Sie könnten mir Ihre Adresse geben und ich schreibe nach England und bitte um ein Exemplar. Sie sehen, so schwer ist es, die Wahrheit zu beweisen, und damit rechnen die Nazis, haben sie seit zwanzig Jahren gerechnet. Wenn man anfängt, die Wahrheit nicht mehr für das Selbstverständliche zu halten, ist die Lüge schwer zu beweisen! Merton warf einen Blick in die Broschüre. »Vereinigt euch!«, stand darin. »Tut alles, um die Fremdherrschaft los zu werden. Erkundigt euch, wer euer Hauswart ist, folgt ihm! Lernt russisch und polnisch! Sagt nie, dass ihr Nazis wart. Wartet ab! Der Tag für die Vernichtung der jüdischen Weltherrschaft ist nur aufgeschoben. Der Jude in Moskau ist sehr alt. Der Jude Roosenfeld hat endgültig abgewirtschaftet.«

Merton sagte: »Wie oft bekommt ihr Nachrichten?«

»Jeden Monat einmal so ungefähr«, sagte der Chauffeur.

»Sehen Sie mal, Sie waren nie ein Nazi, Sie müssen doch wissen, dass Deutschland nicht überfallen worden ist! 1933 kam Hitler zur Regierung. Er ließ sofort alle Menschen, die Frieden wollten, die die Wahrheit sagen wollten, einsperren und umbringen.«

»Nee, Herr, so war das eben nicht. Er griff durch. Er sah, dass die Meckerer es dahin gebracht hatten, dass Deutschland von allen verachtet wurde, dass wir 4 Millionen Arbeitslose hatten, dass Millionen von Deutschen unter fremder Herrschaft lebten, und er wollte das ändern. Ich war damals auch gegen Hitler. Ich fand das auch nicht würdig für ein Kulturvolk, jedem die Schnauze zu verbieten. Aber er hat ja schließlich damit Deutschland groß gemacht.«

»Wieso groß gemacht?«, sagte Merton. »Deutschland ist mehr zerstört als nach dem Dreißigjährigen Krieg. Deutschland ist verachtet.«

»Warum ist es verachtet? Glauben Sie mir, Herr, von den Heldentaten, die in Deutschland in diesen Jahren verübt worden sind, davon werden die Geschichtsbücher noch in tausend Jahren schreiben. Mütter haben mit ihren Leibern ihre Jungen in den Bombenangriffen verteidigt. Einfache Soldaten haben gegen sechsfache Übermacht einen Posten gehalten. Lokomotivführer haben, während die Bomben fielen, Munitionszüge durch die Nacht gefahren, die Leute haben ohne Murren gehungert, tagelang nicht geschlafen. Alles um des Vaterlandes willen.«

»Nein«, sagte Merton, »nicht um des Vaterlandes

willen, sondern für einen wahnsinnigen Tyrannen, der die Menschheit ausrotten wollte, alle Juden, Polen, Tschechen, Russen, Serben, alle Leute mit Klumpfüßen, alle Blinden, alle Tauben, alle Leute mit Tuberkulose, schielenden Augen, Rheumatismus, alle Leute mit Magen-, Nieren- oder Leberleiden, alle Leute mit Krampfadern, alle Friedliebenden, alle Sozialisten, alle Russlandfreunde, alle Bücherfreunde, alle Bibelfreunde, alle Guten, alle Gerechten, alle, die irgend etwas anderes im Leben wollten als Heil Hitler schreien. Und Sie, ein gescheiter Mensch, Sie haben geholfen, alle Menschen, die was wert sind, von dieser Erde zu vertilgen?«

»Herr, was weiß der einfache Mensch? Ich bin aufgewachsen in der Schule mit der Sedanfeier und wir sind stolz gewesen auf unsre Siege und wir haben den Kaiser verehrt und wir fanden nur, dass wir mehr Lohn haben müssen, sonst liebten wir Deutschland und fanden alles großartig. Und welches Land hat denn auch schon 1885 eine Versicherung gegen Unfall, Alter und Krankheit gehabt und in welchem Land hat jeder seit 100 Jahren lesen und schreiben können und denn bin ich im Weltkrieg gewesen und da hat es plötzlich geheißen, der Kaiser hat uns in den Abgrund geführt und wir wollen uns von unsern eigenen Leuten regieren lassen. Und da ließen wir uns von unsern eigenen Leuten regieren. Die sagten, dass man international sein müsse und besonders der Proletarier sei international, und ich merkte sehr bald, dass das Lüge ist, denn ich bin ein Berliner und Berlin ist meine Heimat und schon die Hallenser kann ich nicht leiden und was weiter weg ist, geht mich garnichts an und denn haben sie mich um meine 3000 Mark Ersparnisse betrogen. Sie haben das Inflation genannt. Aber ob man das auf deutsch Betrug oder auf ausländisch Inflation nennt, ist ja wohl kein Unterschied. Und denn hatte ich mein Taxi auf Abzahlung gekauft und nun bekam ich keine Fuhren mehr und andre Arbeit bekam ich auch nicht und ich war gerade so weit, dass ich nur noch hätte einen Strick nehmen können, als ich Arbeit bei einem Fabrikanten bekam. Das war ein hochanständiger Mensch. Er wollte mich garnicht ausnutzen, wie ich in der sozialdemokratischen Klippschule gelernt hatte, dass er tun würde. Er lebte sehr einfach und er zerbrach sich den Kopf über die Arbeitslosigkeit. Es war alles ganz anders, als uns unsre Führer gesagt hatten. Sie verbrannten den Kaffee genau so wenig aus Schlechtigkeit, wie wir aus Vergnügen arbeitslos waren. Er hielt sich keine Weiber und er trank nicht Sekt und er war nicht fett und er trug nicht Brillanten an allen Fingern. Und denn ging ich in eine Hitlerversammlung und der Redner sagte, dass die Inflation, dieser Betrug, von den Juden gemacht sei und dass die Arbeitslosigkeit ebenfalls vom jüdischen Großkapital komme und dass die Juden ein Interesse daran hätten, Deutsche von Deutschen zu trennen, um dabei selber zu profitieren, und dass es nur darauf ankomme, die Juden zu vernichten und selber zusammenzuhalten, und dass es keinen Unterschied zwischen Deutschen und Deutschen gebe. Das waren ja nun wunderbare Ideen und nachher gingen ich und mein Arbeitgeber und dessen Freund und noch zwei Arbeiter zusammen in eine Kneipe und tranken Bier und stießen auf ein besseres Deutschland an. Der Freund von meinem Herrn sagte: ›Da sind ja nun schrecklich wilde Leute dabei, mit denen man sich ungern an einen Tisch setzt, aber wenn sie's schaffen?‹ Und sie haben's geschafft.«

»Aber was haben sie denn geschafft, Herr Neumann?«

»Vom ersten Augenblick an haben die Leute wieder angefangen, Arbeit zu finden.«

»Das ist in Amerika und in England zur gleichen Zeit genau das Selbe gewesen.«

»Und dann hat er uns unsre Ehre wiedergegeben.«

»Wieso denn?«

»Der englische Premierminister Simon und der Mr. Eden sind sofort gekommen, kaum war der Hitler an der Regierung. Vorher unter der Republik haben uns nur Könige aus dem Zoo besucht. Der Emir von Afghanistan war der Höchste. Und denn haben wir das Rheinland wiederbekommen.«

»Aber das war doch ein Vertragsbruch.«

»Wieso Vertrag? Mr. Merton, nennt man bei Ihnen zu Lande ein Gerichtsurteil einen Vertrag? Das konnte man doch nicht den Vertrag von Versailles nennen, sondern höchstens das Todesurteil von Versailles, und denn haben wir noch dazu das Saargebiet zurückbekommen.«

»Das war doch kein Verdienst von Herrn Hitler.«

»Unter der Republik hätte das Frankreich behalten. Wo Tauben sind, fliegen Tauben zu.«

»Sie haben es doch übrigens garnicht mehr. Es hat doch Frankreich.«

»Ja, das ist schon richtig, durch den neuen Krieg. Aber wir haben eben dazwischen glückliche Jahre gehabt. Während der Olympiade habe ich 2000 Mark verdient. Und glauben Sie nicht, dass wir den Andern nicht imponiert hätten. Während der Olympiade habe ich einen englischen Herrn gefahren. Ich habe ihn täglich vom Hotel Adlon abgeholt. Der hat gut deutsch gesprochen und war sehr umgänglich, der sagte zu mir: »Sie können sehr glücklich sein mit Ihrer Regierung, ich wollte, wir hätten erst einen Hitler. Jedes Volk, das einen Krieg verloren hat, muss sich glücklich preisen, wenn es einen solchen Mann findet.« So hat damals der Engländer und nicht nur der Engländer mit mir gesprochen und wenn man zu einem der ausländischen Herrn gesagt hat, dass man unsern Zeitungen nicht glauben könne, denn an denen hat ja wirklich nur noch das Datum gestimmt, dann haben sie einen für einen schlechten Deutschen gehalten. Und das ist das Schlimmste, was einem passieren kann. Glauben Sie mir, in der ganzen Welt ist der patriotische Mörder angesehener als ein ehrlicher Mensch, wenn er kein Patriot ist. Und dann hatte der Hitler fertiggebracht, was das deutsche Volk seit 100 Jahren wollte, nämlich Deutschland mit Österreich vereinen, und ohne

Schwertstreich hat er die Sudetendeutschen bekommen und diesen Skandal mit dem polnischen Korridor hätte er auch beendet und Frankreich hat sich mit Vergnügen auf unsre Seite gestellt. Und da hatten wir schon alle gesehen, was unsre sogenannte Regierung für eine Schweinebande war. Ich hatte einen Schwager, der hatte einen kleinen Frisierladen, dem haben sie jeden Tag was andres aufgebrummt, einen Tag hat er zu viel Handtücher und am nächsten Tag zu viel Seife verbraucht, bis er seinen Laden nicht mehr halten konnte und in die Fabrik musste. Da ist er bald gestorben. Aber mächtig hat uns der Hitler ja gemacht. Und das stammverwandte Brudervolk, das konnte das nicht mit ansehen, neidisch wie es immer war, und so haben sie uns wieder von allen Seiten überfallen, bis wir jetzt elend sind wie nie zuvor. Aber das bleibt nicht so, Mr. Merton, ich bin ein friedlicher Mensch, aber das kann ich nicht mitansehen und auch Sie, Mr. Merton, würden das nicht dulden, dass man Ihr Vaterland so zerstückelt.«

»Das war mir ja alles höchst interessant, aber man kann das alles auch ganz anders sehen. Ganz anders. Ich habe Ihnen schon gesagt, dass Herr Hitler ein Tyrann war, der nichts für Deutschland tat, sondern alles für seinen eigenen Machtwahn. Er hat damit begonnen, alle Menschen umzubringen, die ihm nicht gepasst haben. Haben Sie schon mal gehört, dass das ein anständiger Mensch tut? Er hat alles aufgehoben, was Jahrhunderte und besonders das letzte Jahrhundert aufgebaut hat. Er hat das Briefgeheimnis aufgehoben, die Telefongespräche wurden überwacht.«

»Na sicher, sicher.«

»Jeder Schritt war Ihnen doch vorgeschrieben.«

»Na und ob. Aber im Anfang hat man geglaubt, ist doch besser, dass so was von oben geregelt wird, als dass sich die liebe Kollegenschaft wie die Wölfe benimmt. Ich werd Ihnen sagen, was den einfachen Mann angeht. Den einfachen Mann geht an, dass er Arbeit hat, dass er geachtet wird, dass er sich mal ein Glas Bier leisten kann. Das alles hatte uns der Hitler verschafft.« Herr Neumann blickte Merton triumphierend an.

Merton sagte: »Sie selber sagen, auch der einfache Mann will geachtet werden. Aber die Deutschen werden nicht mehr geachtet. Wissen Sie denn nicht oder glauben Sie denn nicht, was Hitler angestellt hat? Sie waren ein Kulturvolk. Hitler hat damit Schluss gemacht. Ihr habt die Sudetendeutschen haben wollen ...«

»Ich nich, Herr, mir war das ganz egal, ich bin für Leben und Lebenlassen.«

»Na, gut, also Hitler hat die Sudetendeutschen haben wollen, aber als ihr die Sudentendeutschen gehabt habt, da habt ihr die Tschechen haben wollen und habt die Tschechen euch einverleibt und habt die tschechische Universität vernichtet und die tschechische Intelligenz, die sich gerade nach jahrhundertelanger Unterdrückung gebildet hat, die habt ihr ausgerottet. Einfach alle Studenten ermordet, Herr Neumann, einfach ermordet. Warum? Weshalb?«

»Na, dafür kann unsereiner doch nichts. Glauben Sie doch nicht, dass wir so was billigen. Aber haben die Studenten nicht vorher Sabotage getrieben und unsre ermordet?«

»Aber Herr Neumann, haben Sie Ihren Schiller ganz vergessen? ›Wenn der Gedrückte nirgends Recht kann finden, wenn unerträglich wird die Last. Nein, eine Grenze hat Tyrannenmacht!‹ Was war denn der Hitler anderes als ein Tyrann? Und warum? Um Deutschlands willen? Nein. Aus Größenwahn, weil er die ganze Welt erobern wollte, und nachdem ihr die Tschechen unglücklich gemacht habt, habt ihr gesagt, ihr könnt es nicht mehr dulden, dass es einen Streifen Land gebe, durch den die Polen zur See kommen. Um dieses Streifen Landes willen habt ihr die ganze Welt in den Krieg gehetzt. Und wenn man euch diesen Streifen gegeben hätte, dann hättet ihr wegen der Kolonien angefangen oder wegen der Ukraine oder wegen Holland. Wir werden nicht dulden, dass irgendwo ein Deutscher unter fremder Herrschaft lebt, hat euer Führer gesagt. Warum nicht? Ist ein Zusammenleben von Menschen, die nicht ganz gleich sind, unmöglich? Hitler sagte: ›Ja.‹ Aber das war alles Lüge. Denn wenn es ihm in seine Politik passte, dann ist er garnicht für die Deutschen eingetreten, dann hat er ruhig Deutsche vertreiben lassen. Nur ein Beispiel: in Südtirol hat er den Deutschen ihre Heimat geraubt. Er hat urdeutsches Land, eine der bösesten Sünden des Versailler Vertrags, ruhig bei Herrn Mussolini gelassen. Es war alles nur Lüge, alles nur Worte, nichts war wahr.«

»Was ist wahr heutzutage? Es gibt eine russische Wahrheit, eine englische Wahrheit, eine deutsche Wahrheit und noch viele andre Wahrheiten. Wie soll sich da der einfache Mensch durchfinden?«

»Das ist das Schlimmste, dass ihr alle Zyniker geworden seid in Deutschland, trotzdem was dran ist an Ihren Worten. Aber niemand hat so mit der Wahrheit jongliert wie der Hitler. Er hat seine eigenen Worte einmal so und einmal so benutzt. In Südtirol konnten die Deutschen vertrieben werden, aber der schmale polnische Korridor war unvereinbar mit deutscher Ehre. Um dieses Korridors willen hat Hitler und auch die deutsche Armee das friedliche Polen überfallen, hat Warschau bombardiert, Männer, Frauen und Kinder hilflos verbrannt, erstickt, zerstückelt, hat Feuer auf sie herabgeregnet und zugleich die Wasserleitungen vernichtet. Und damit nicht genug. Ein halbes Jahr später überfiel ihr Dänemark. Die Dänen hatten euch nicht gerufen. Was hattet ihr dort zu suchen in diesem friedlichen anständigen Land? Von dort gingt ihr nach Norwegen. Was hattet ihr da zu suchen?«

»Die haben uns doch erzählt, wir müssten den Engländern zuvorkommen.«

»Aber die Engländer hatten nur einen Wunsch, nämlich keinen Krieg zu haben.«

»Sehen Sie mal, ich weiß nur, dass keiner von uns einen Krieg wollte und dass der Hitler Friedensangebot auf Friedensangebot machte!«

»Herr Neumann, Sie haben doch Verstand. Musste

Hitler nach Österreich? Musste Hitler nach der Tschechoslowakei? Und daraus kam Alles.«

»Ich weiß es nicht. Und was hätte denn unsereiner machen sollen? Man hat ja auch erst zuletzt so richtig gesehen, was das für Brüder waren. Selbst bei Ihnen zu Lande hat man das auch erst sehr spät erkannt.«

Merton erzählte die ganze Unterhaltung dem 53. Lord. Der Lord sagte: »Und trotzdem ist ihr Eindruck falsch. Es gibt nur ganz wenige von der Intelligenz des Herrn Neumann. Im allgemeinen gibt es nur zwei Sorten von Menschen. Nazis, nicht viele, und Tote. Der Mut ist verschwunden in Deutschland, der Mut zu lieben, etwas zu machen, etwas zu riskieren, sei es physisch oder intellektuell oder moralisch. Es ist ein Land von 50 Millionen Robots. Es gab ein Buch vor Hitler von einem Nazi, Jünger mit Namen. Der hat das als ein Ideal hingestellt. Sie haben ihr Ideal erfüllt. Passen Sie mal auf!« Und er rief den Barmann.

Der Barmixer setzte sich zu uns.

»Sind Sie in irgend einem Verein?«

»Ich? Wieso denn Herr?«

»Ich frage Sie bloß.«

»Ach iwo. Es gibt doch gar keine Vereine.«

»Na, haben Sie Freunde?«

»Nein.«

»Gar keine Leute, mit denen Sie Ansichten austauschen?«

»Ansichten? Unsereiner? Es ist viel besser, unsereiner hat keine Ansichten.«

»Haben Sie gar keinen Verkehr?«

»Nein.«

»Na, was haben Sie sich denn 12 Jahre unter Hitler gedacht?«

»Wenn das man gut geht! Das war's, was unsereiner sich gedacht hat. Ist ja auch nicht gut gegangen!«

»Aber gesagt haben Sie das zu Niemandem?«

»Denn würde ich ja wohl nicht mehr hier sitzen.«

»Recht haben Sie. Bringen Sie uns bitte nochmal vier Cocktails.«

Ich sagte: »Wir haben diese beiden famosen deutschen Zeitungsleute. Unsre Zeitung wird sehr bald überallhin Aufklärung tragen. Miss Battle-Abbey ist sehr erfahren. Bromwich hat in Bezug auf den Gummi und die Luft alle amerikanischen Wünsche durchgesetzt. Ethel und Warren haben ein Verhältnis und sind im siebenten Himmel. Nur Sie stören unser gutes Einvernehmen und das bisschen Vergnügen, zu dem wir nach 6 Jahren Krieg wohl ein Recht haben. Bromwich hat auch gesagt: Crusaders haben noch nie die Welt weitergebracht. Sie machen die Menschen nur unzufrieden.«

9. Kapitel

Tatsächlich hätte unser Aufenthalt ein einziger Erfolg werden können, wenn nicht Merton alles verdorben hätte. Merton war bei den Zeitungsbesprechungen unausstehlich und störte unser gutes Einvernehmen. Miss Battle-Abbey konnte perfekt deutsch, genau wie ich, und wir hätten sehr gut das Blatt allein machen können. Aber Miss Battle-Abbey stand auf dem Standpunkt, dass wir doch Fehler im Deutschen machen könnten, und sie zog für die Übersetzungsarbeit bekannte deutsche Schriftsteller zu: »Trotzdem es eigentlich kein Schaden wäre, wenn die Deutschen wüssten, dass unsre Zeitung von Engländern gemacht wird«, sagte Miss Battle-Abbey, »immer besser, als wenn sie den Verdacht haben, dass sie von ehemaligen refugees gemacht wird.«

Wir ließen jeden Artikel von drei verschiedenen Leuten übersetzen. Wir ließen auch die Schweizer Zeitungen ins Englische übersetzen und übersetzten sie dann zurück ins Deutsche, falls wir etwas daraus zitieren wollten. Es las sich zwar dann meist etwas holperig, aber Miss Battle-Abbey sagte: »You can't trust those foreigners«, womit sie natürlich recht hattte, und ich wünschte etwas mehr vom Geiste Miss Battle-Abbeys in Amerika. Diese Einwanderung von Krethi und Plethi ist ja unmöglich. Man muss die größten Anstrengungen machen, um seinen geschlossenen Kreis zu bewahren, und wenn man wirklich Jemand sein möchte, ist es doch am besten, einen Grafen zu heiraten. Trotzdem mitteleuropäische Grafen schon keineswegs mehr als große Partien gelten. Lord Dolgelly – Lords sind natürlich immer noch was anderes als europäische Grafen – war interessanterweise völlig anders, als man sich einen 53. Lord vorstellt. Er lief durch Berlin, unterhielt sich mit allen möglichen Leuten, was er Material sammeln nannte. Er sagte, die foodsituation sei appalling und er habe Hawks veranlasst, nach London zu telegraphieren, dass sie mehr food nach Deutschland senden sollten, sonst würde die Besatzungsarmee leiden, die immerzu von ihren Lebensmitteln abgebe. Ich wagte daraufhin nicht zu erzählen, wie wir bei der Gräfin gegessen hatten, die ja allerdings größeren Landbesitz haben mit Truthähnen und Fasanen etc. Ich sagte nur: »Wenn das bloß nicht Gauntlett erfährt. Sie wissen, wie die Menschen mit dem Essen sind. Wenn er anfängt, die Leute mit dem Essen aufzuhetzen, dann kann das sehr unangemehm für Sie werden.«

»Für mich?«, sagte der Lord. »Unangenehm? O nein!«

»Für Sie vielleicht nicht«, sagte ich, »aber für Lord Hawks, der doch nur a commercial Lord ist. Stellen Sie sich vor, es kommt ein Zeitungsdrive: ›East End hungry, Germans fed.‹«

»Sie glauben doch nicht, dass wir uns von der Straße beeinflussen lassen? Und der Durchschnittsengländer ist das gutmütigste Wesen von der Welt. Der weiß den Unterschied von gut und böse, von anständig und unanständig.«

Als die frische Zeitung gebracht wurde, sagte Dolgelly: »Ein braves Blatt, aber langweilig. Und das ist das Schlimmste, was man von einer Zeitung sagen kann.«

»Völlig meine Meinung«, sagte Merton, »ein Artikel ununterscheidbar vom andern. Es fehlt jeder persönliche touch. Ein offizielles Nachrichtenblatt wie die Naziblätter mit andern Gesichtspunkten. Und das Resultat ist, dass das Gerücht genau wie unter den Nazis den Glauben an die Nachrichten ersetzt.« Die Zeitungen in den vier verschiedenen Besatzungsgebieten waren natürlich grundlegend verschieden. Sie waren nur insofern gleich, als in keiner der Zeitungen prinzipiell irgend etwas von Deutschland erwähnt wurde. In der Zeitung des französischen Gebiets standen die Verhandlungen des französischen Parlaments, in der des englischen Gebiets die des englischen Parlaments, in der des amerikanischen die Verhandlungen des Kongresses. Wir brachten ausführliche Artikel über Baseball, die englische Zeitung über Cricket, die französische über Radrennen. Miss Battle-Abbey hatte strikte Anweisung, nur englische Namen auf dem Gebiet der Wissenschaft und Kunst zu erwähnen. Sie brachte Musikartikel über Elgar, Williams, Sir Malcolm Sargent,

Kunst von Raeburn bis Sir William Rothenstein. Es durften nur Shakespeare, Milton, also kurz nur Engländer zitiert werden. Die Franzosen taten genau das Gleiche. Für uns war es etwas schwerer, da wir doch lange Zeit eine englische Kultur gehabt hatten, aber es stellte sich heraus, dass man sehr gut mit Franklin, Lincoln, Washington, den Roosevelts, Longfellow, Hawthorne and Poe auskommen kann. Merton sagte immer wieder, dass es deutsche Dichter und Gelehrte, sogar Musiker und Maler gegeben hatte, aber die Vereinten Nationen wünschten es nicht und da wir alle nur den Wunsch nach Frieden haben, so versuchten wir garnicht etwas dagegen zu unternehmen. Hinzu kam, dass es für uns Amerikaner, genau wie für Miss Battle-Abbey oder Monsieur Dupont leichter war, über unsre Heimat als über ein fremdes Land zu schreiben. Das ist nur menschlich.

Als Gauntlett zum ersten Mal Stegen und Mürzhofer in unsrer Redaktion entdeckte, sagte er, er hoffe, sie werde doch prinzipiell ohne Mitwirkung von Deutschen gemacht. Er machte einen ärgerlichen Eindruck und Merton fragte ihn, was los sei.

»Sie sind im Augenblick völlig richtungslos im *Daily*. Ich stehe auf dem Standpunkt: ›No German for the administration, the newspapers etc. in Germany.‹ Aber mein scheußlicher Kollege, Mr. Destroyer schreibt, that it is not the business of the English to give their best people for Germany and he wants a drive: ›Stop occupation.‹ Aber ich habe es immer gesagt: pro Nazi and Anti Nazi is one. Refugee from Nazi oppression and Nazi refugee is one. No difference between them. No Germans for Germany any more. Ich kann es so verstehen, dass man sie überall rausschmeißen will. I have the feeling Your Lordship disagrees.«

Lord Dolgelly nickte: »I don't agree to differ«, sagte er.

»You belong to such likes who prefer German towns unbombed. I prefer them bombed«, sagte Gauntlett, »the dome of Aix, the dome of Cologne even St. Peter's in Rome and even St. Paul's in London are not worth the life of a single Englishman.«

»I can't stand this nonsense«, sagte der Lord und wollte das Zimmer verlassen.

»That's a genuine problem«, sagte Merton nachdenklich.

»Not for me«, said the Lord.

»It is«, said Merton.

10. Kapitel

Stegen und Mürzhofer gefielen uns immer besser. Wir beschlossen, Stegen einmal schreiben zu lassen. Es erschien ein langer Aufsatz von ihm über deutsche Geistigkeit, den wir alle höchst interessant fanden und vor allem glänzend geschrieben, selbst mit amerikanischen Maßstäben betrachtet. Stegen ist überhaupt höchst attraktiv, obgleich man ihn fast einen alten Mann nennen könnte. Er war 39 oder sogar 40 Jahre alt.

Er nahm mich an einem dieser herrlichen Maitage mit seinem Auto nach draußen. Er hatte einen ganz ungewöhnlich schönen Wagen, einen Fiat. Prinz Schlieben-Schlieben war dabei und sie nahmen mich zur Besichtigung eines Schlosses mit. Stegen und der Prinz gaben mir eine vollständige Beschreibung der preußischen Geschichte. Ich sah, dass alles falsch war, was mir so erzählt worden war. Deutschland, das größte Reich Europas für mehr als tausend Jahre nach dem Untergang des römischen Reichs, hatte nie versucht, bis auf den scheußlichen Hitler, fremde Völker unter seine Herrschaft zu bringen, im Gegensatz zu andern Herrschaften, die ich nicht nennen will. Sie sagten, dass Deutschland oder vielmehr Preußen im Gegensatz zum Beispiel zu den Habsburgern, den Österreichern also, immer nur nach einem sittlichen Grundsatz gehandelt habe. Alle Mitglieder einer Nation und nur Mitglieder einer Nation müssen zu einem Staat gehören. Nach diesem Grundsatz seien Frankreich, England, Italien und Spanien Nationen geworden und Deutschland wollte man immer daran hindern. Die ganze preußische Geschichte und vor allem die Geschichte der Hohenzollern war die von Vätern ihres Volkes, was natürlich den Nachteil hatte, dass diese Völker nicht für sich allein sorgen gelernt hätten, aber welches Volk hätte dies?

Das Schloss war ein unvergesslicher Eindruck, blassblau und silber, rot und gold und ein runder Raum mit eingebauten Bücherschränken und kleine römische Tempelchen und Stuck in den Räumen, der wie Schaum an die Decke geschlagen war. Wir aßen in einem Restaurant an einem See Abendbrot. Es war eine warme Nacht, auf jedem der Tische brannte eine kleine Lampe mit einem roten Schirmchen und wir tranken den berühmten deutschen Rheinwein. Beide Herrn sagten, dieses Cocktailgetrinke sei höchst unkultiviert und man tue es nur deshalb in den angelsächsischen Ländern, weil man dort die an sich nicht guten Getränke durch Mischen zu verbessern hoffe, während der Wein so gut aus Gottes Hand komme, dass jede Veränderung nur schaden könne. Wir fuhren dann zurück ins Hotel, wo ein Beethovenkonzert gegeben wurde. Ich habe ein gutes Gehör und Stegen sagte, ich sei nur nicht in der richtigen Weise musikalisch erzogen worden. Ich hatte das Gefühl, ich bin in eine höhere und bessere Welt gekommen, eine Welt aus Beethoventrios und Zimmern wie in dem Schloss und Gärten, in denen der Mensch sich wirklich zum Herrn der Natur machte. Miss Battle-Abbey sagte am nächsten Tag, die Gärten seien schwache Nachbildungen der englischen Landschaftsgärtnerei, in England gäbe es Dutzende von solchen Landsitzen. Dolgelly war im Zimmer und sagte, dass die deutschen Schlösser von den französischen Schlössern, besonders von Versailles, angeregt seien und dass die Gärten ebenfalls nach französischem Muster angelegt seien, die ihrerseits von Italien herkämen. Er ging dann raus.

Miss Battle-Abbey sagte, dass ich mir doch von diesem ganzen Highbrowtum nicht imponieren lassen solle. Ich erwiderte ihr, dass die Beethoventrios wunderschön gewesen waren und dass ich Herrn Stegen sehr dankbar dafür wäre. Ich wollte noch hinzufügen, dass ich mich Stegen tief verbunden dadurch fühle. Ich sagte es nicht, aber Merton musste so was geahnt haben, denn er sagte zu mir: »Verwechseln Sie Beethoven nicht mit Herrn Stegen!«

11. Kapitel

Ethel hatte ein Verhältnis mit Raymond. Und sie hatte eine Todesangst, dass Raymond zu Mrs. Bromwich nach Boston zurückkehrte. Aber ich griff ein.

Ich saß einen Abend in der Halle mit Bromwich und merkte, dass er sehr verstimmt war.

»Was ist los?«, sagte ich.

»Garnichts«, sagte Bromwich.

»Trinken wir einen Cocktail.«

»Also was ist los?«, begann ich noch einmal. »Will Raymond Urlaub?«

»Nein. Aber meine Frau will kommen. Sie schreibt, Miami sei zum Sterben langweilig dies Jahr und aus Raymonds Briefen habe sie den Eindruck, dass Berlin ein gesellschaftlicher Mittelpunkt sei, und ich solle ihr schreiben, was sie für Kleider mitbringen soll. Ob Pelze für den Sommer nötig seien? Ob großer Schmuck wichtig sei? Ich möchte aber nicht, dass sie kommt.«

»Raymond is in love with Ethel.«

»Gut. Ethel with Raymond. Auch umgekehrt?«

»Ich werde es Diana schreiben, dass er es ist.«

»Gutes Mädchen«, sagte Bromwich, »hast du dich verliebt?«

Damals wusste ich noch nichts. Ich hatte noch nicht vom Baum der Erkenntnis gegessen.

Wenige Tage später hatte ich das größte Erlebnis meines Lebens. Ich konnte nur noch denken: Vor Sonntag Nacht oder nach Sonntag Nacht. Es war eine neue, meine ganz persönliche Zeitrechnung.

Es fing alles an einem Sonnabend Abend an wie alle großen Erlebnisse. Wir waren zu einer Garden Party bei der Gräfin Wandsdorff eingeladen. Ich hatte ein rosa Chiffonkleid an und wunderschöne Perlen. Ethel hatte ein hellblaues Chiffonkleid an und wir hatten den ganzen Freitag damit verbracht, uns von alten Ballblumen Kränze zu machen.

Raymond Warren, Ethel und ich fuhren zusammen. Schon im Korridor war ein großes Gewimmel. Wir sahen die Tischführungskarten an: Ich hatte Stegen zu Tisch, Miss Battle-Abbey den Prinzen Schlieben-Schlieben. Merton und Lord Hawks hatten wieder abgesagt und auch der 53. Lord war nicht gekommen. Während wir vor dem Essen Cocktails tranken, hörte ich, dass die Gräfin zu Miss Battle-Abbey sagte: »Er soll sogar zur Labourparty hinneigen.«

Miss Battle-Abbey sagte: »Unsre Labourleute sind sehr anständig, da ist garnichts dagegen zu sagen. Zum größten Teil sehr gute Menschen.«

»Aber immerhin! Ist der Dolgelly wirklich von so altem Adel? Er hat doch so was verdächtig Brünettes?«

»O, my dear Countess, Dolgellys waren schon unter

Henry the Seventh Seeräuber und sie haben in Frankreich für die Plantagenets gekämpft.«

»Ja, ich weiß, Plantagenets white, York red, oder wars umgekehrt, jedenfalls so ungefähr.«

»Dolgelly ist normannischer Uradel.«

»Normannen? Das ist also die germanische Oberschicht, die den Adel ganz Europas bildet, auch den italienischen und französischen, und alle diese Leute, soweit sie nicht durch Mischehen verdorben waren, sind ja auch auf unsrer Seite gewesen. Aber wissen Sie, meine Liebe, nicht nur, dass der Dolgelly so schwarz ist, er sieht auch so kümmerlich aus, schlechte Haltung und engbrüstig, was hat er denn fürn Rang?«

»Wie meinen Sie Rang?«

»Beim Militär natürlich.«

»Das weiß ich nicht.«

»Na, das müssten Sie aber wissen. Der Mensch müsste doch wenigstens Major sein.«

Dann setzten wir uns in den großen Musiksalon, wo das Forellenquintett von Schubert gespielt wurde. Ich saß neben Stegen. Er hörte mit geschlossenen Augen zu. Dann sang eine Dame: »Auf, hebe die funkelnde Schale, gefüllt mit Wein.« In diesem Augenblick wiederholte Stegen die Worte und flüsterte in mein Ohr: »und lass beim Freudenmahle recht glücklich uns sein.« Es war sehr aufregend und ich sah zum ersten Mal, wie unbeschreiblich schön Stegen ist. Er hat eine athletische Figur und darauf nicht den Kopf, den man sich in Hollywood unter schön vorstellt, sondern einen Goethekopf, männlich, sinnlich und höchst geistig, einen Kopf, wie ihn die Musiker haben. Danach trug eine große Schauspielerin drei Gedichte vor, den Monolog der Goetheschen Iphigenie über den Humanismus, Portias Rede über die Gnade und einen Brief des Deutsch-Amerikaners Schurz. Ethel sagte leise zu mir: »Bitte vergleiche eine Gesellschaft in New York.« Ich nickte nur. Ich hatte wieder das Gefühl, in eine höhere und bessere Welt eingetreten zu sein.

Bei Tisch saß der Prinz Schlieben-Schlieben an meiner andern Seite. Es war ein bisschen komisch, wie er mir zutrank. Wir bekamen Bouillon in köstlichen alten Tassen. Der Prinz sagte, dass er in St. Moritz meist im Ritz gewohnt habe, aber es war wie überall zweifelhaftes Publikum dort. »Wir gehen nie in Hotels, in denen noch andre Leute wohnen«, sagte Miss Battle-Abbey, »in England ist das ganz schlechter Stil, in Hotels zu gehen. Man geht auf die Landsitze seiner Freunde oder in der Schweiz haben wir es zur Bedingung gemacht, dass nur Engländer im Hotel sind. Mürren und Sils-Maria nahmen auch nur Engländer im Winter. Man kann es doch nicht darauf ankommen lassen.«

»Sicher nicht«, sagte der Prinz, »wir in Deutschland sind ja schon lange zu demokratisch geworden.«

»Wir hatten doch in London alle möglichen Fremden. Sie können sich denken, dass wir besonders die Deutschen nicht gern behielten, sie hatten zu wenig Ahnung von unsern English ways of life.«

»Eine furchtbare Bande müssen diese refugees gewesen sein. Man kann eine Lady wie Sie nur bedauern«, sagte der Prinz.

Plötzlich war es ganz still, denn ein Herr klopfte ans Glas. Sie halten nämlich ihre after dinner speeches in Deutschland beim Essen. »Meine Damen und Herren«, begann Mürzhofer, »wie Sie sich denken können, ist dies der Toast auf die Hausfrau, der wir zu tiefem Dank verpflichtet sind. Sie hat uns zusammengebracht mit den Leuten, die gestern noch unsre Feinde waren und heute unsre Freunde zu sein sich aufrichtig bemühen. Ich bin kein highbrow. Ich bin ein schlichter Sportsmann, ein Kind der freien Berge. Ich verstehe jeden, der eine Wanderung, ein Hockey, einen Ritt den Büchern vorzieht. Sie wissen, dass ich lange ein Sportjournalist war. Was kann es Internationaleres geben als den Sport? Hier und in der Musik finden sich die Völker. Über wie viele Skispringkonkurrenzen, wieviele Schlittschuhlaufkonkurrenzen habe ich berichtet? Dieses Haus der Gräfin Wandsdorff, angefüllt mit dem Besten aller Nationen, ist eine Insel der Zivilisation in einer vom Hass zerstörten Welt geworden. Hier treffen wir uns, heute in der Musik, ich hoffe, wir werden uns bald beim Tennis treffen, beim Segeln, beim Schwimmen, beim Autofahren und beim Motorbootrennen. Den Anfang aber hat hier unsre Gastgeberin gemacht. Sie lebe hoch, hoch, hoch!«

Alle standen nach deutscher Sitte auf und stießen mit ihren Gläsern an das Glas der Gastgeberin an.

Und dann kam ein Gänsebraten mit Gurkensalat.

Danach sprach Miss Battle-Abbey. Sie war bei weitem die Bestaussehende der Tafelrunde. Eine bildschöne, große, elegante, blonde, strahlend gesunde Frau, eine Person, die selbst in Hollywood jede Ballkompetition gewonnen hätte, blaue Augen, rotblonde Haare und weiße Haut, eine Seifenreklame mit dem grünen Meer als Folie. Sie trug ein schneeweißes Atlaskleid mit einem Orchideenstrauß und sah herrlich aus: »Meine Freunde«, sagte sie, »wie bin ich glücklich, ich fühle mich in diesem Hause, als wäre ich schon jahrelang hier ein und ausgegangen. Ich habe glückliche Jahre in Deutschland vor und ich muss gestehen auch nach 1933 verlebt.

Nun bin ich wieder bei diesem Volk, das in den Kreis der alten Kulturvölker gehört, Musik und Schönheit und Menschen, die meine Ideale teilen. Gräfin Wandsdorff, wir sind uns keine Fremden, wir haben gemeinsame Bekannte in allen Ländern Europas. Sie haben alle gelitten in diesem Krieg auf der einen oder der andern Seite. Wir haben alle Opfer gebracht und ich bin glücklich, so einen Kreis hier in dieser Stadt gefunden zu haben, die aufzubauen Ihre große Aufgabe ist. We English have demonstrated to the world, that we are the most wonderful people and we had the opportunity in London to get to know lots of foreign peoples of whom some, I think were rather doubtful.« Alle lachten. »I see you agree. We have before us an gigantic task to make Germany, to make Europe a place where again decent people can live. I say prosit to this little community of ours who has gathered in this beautiful dining-room.«

Sie setzte sich. Der Prinz Schlieben-Schlieben küsste ihr immer wieder die Hand.

Dann kam das Eis mit Biscuits und Champagner und nun stand Herbert Stegen auf: »Ich trinke auf unsre angelsächsischen Gäste. Dies der Gruß. Ich sehe hinaus auf die Welt. Ich sehe weiße Kreidefelsen vom Ozean bespült, eine kleine Insel, Kohle und Rosen um grüne Gartenpforten. Ich sehe den Giganten Amerika, einen Erdteil, das allzu mondäne New York und den Farmer, der noch immer aus rohen Stämmen sein Haus zimmert, die Staatsbauer, die Empirebuilder und hier sind wir, das Volk der Mitte, die Träumer.«

»Oho!«, sagte Lord Dolgelly. Wir drehten uns alle um, tatsächlich trat der 53. Lord ein. Das Gerücht, dass er kein Dinnerjacket mithatte, war offenbar wahr, er kam in grauen Hosen und einem braunen Tweedjacket. Später erzählte mir Merton, dass sie, Hawks, Dolgelly und er zusammen gesessen hätten und da habe Hawks gesagt: »Wo sind denn unsre Damen?« Dolgelly habe die Pfeife langsam aus dem Mund genommen und gesagt: »Bei der Gräfin natürlich, Gardenparty.«

»Fahren Sie sofort hin«, habe Hawks gesagt. »Beobachten Sie bitte ganz genau, was vorgeht, ich habe meine Verdächte.«

So kam es, dass Dolgelly Herbert unterbrach, als er sagte: »Wir sind die Träumer.«

»Jawohl, Mylord«, fuhr er fort, »wir sind die Träumer. Sie dort drüben, Sie nehmen den Staat wichtig. Wir kümmern uns nicht um ihn. Wir möchten in einem Poetenstübchen sitzen. Wir möchten in Ruhe gelassen werden mit den praktischen Dingen des Lebens. Wir wollen den Schmetterlingen des Daseins nachjagen, den Blütenstaub einfangen, die Muscheln sammeln. Dass wir das seit 1918 nicht mehr konnten, dass man uns zwang, auf den Marktplatz zu gehen, anstatt auf die eigene Seele zu lauschen, das bewegte uns, nach einem Führer zu rufen. Dieser Führer war ein Irrtum, ein andrer braucht kein Irrtum zu sein. Führer braucht das deutsche Volk, Führer seiner Sehnsucht. Wir wollen nicht das Geschäft des Staates. Wir wollen nicht Politik, weder Macht- noch Vernunftpolitik. Auch die angelsächsische Freiheit ist keine Kategorie, die uns interessiert, die Freiheit zu kritisieren nämlich, wir wollen die Freiheit aufbauen, dazu brauchen wir Führung. Wir wollen Führung, Führung durch die Aristoi. Dass unsre angelsächsischen Freunde uns dabei helfen, ist unser Wunsch, ist unser Glaube, ist unsre Hoffnung. Sie leben hoch, hoch, hoch!«

Ich war sehr ergriffen und auch Miss Battle-Abbey drückte Jedem die Hand. Die Gräfin Wandsdorff und Miss Battle-Abbey küssten sich. Es war wirklich ergreifend.

Die Diener öffneten die Gartentüren. Der Mond spiegelte sich in der Havel. Im Garten hingen beleuchtete Lampions. Ein Geigentrio spielte die Musik aus dem

Sommernachtstraum. Der Lord sagte leise zu mir: »Damned clever.« Ich wusste absolut nicht, was er meinte. »The whole«, sagte er.

»Warum sind Sie so misstrauisch?«, sagte ich. »Glauben Sie doch an das Gute im Menschen. Die Deutschen sind wunderbar, kein Zufall, dass wir überall die deutschen Philosophen zitiert finden. Stegen hat zu mir gesagt, sie seien die Nachfolger der Griechen.«

»Oh did he say so? How interesting!«, sagte Bysshe Dolgelly voll Spott. Irgendwie wurde er mir sehr unsympathisch durch seine sarkastische Art. Stegen stand neben Miss Battle-Abbey. Sie verschwanden zwischen den Büschen. Als ich sah, wie er mit Miss Battle-Abbey verschwand, wurde mir völlig elend. Ich hatte das Gefühl, die ganze Welt versinkt. Lord Dolgelly fragte mich was, aber ich hörte es nicht. Ich machte einen Ansatz, Stegen nachzugehen. Ich dachte: das ist ja unmöglich, dann tat ich es doch. Ich ging durch die Zauberlandschaft und fand sie bei der Politik.

»Vergessen Sie nicht«, hörte ich Stegen sagen, »wir hatten 1885 eine soziale Versicherungspolitik, für die Sie bei Lloyd George bis 1909 glaube ich gewartet haben. Wir hatten fünfzig Jahre vor Ihnen eine allgemeine Schulpflicht.«

Ich war sehr glücklich, als ich das hörte. Ich ging zurück. Ich wartete. Ich dachte, was es ein paar Jahre früher für mich bedeutet hätte, einen Prinzen Schlieben-Schlieben zu treffen, und nun dachte ich nur an Stegen. Ich war ihm offenbar gleichgültig. Er hatte mir nicht irgendwelche Avancen gemacht, seit er die herrlichen Verse während des Gesanges in mein Ohr geflüstert hatte. Nun saß ich im Mondschein und sah auf das Wasser, als ich plötzlich einen Kuss auf meinem Hals spürte. Ich fuhr zusammen und mein Herz blieb stehen. Ich wusste sofort, es war Stegen. Ich blieb ganz still. Er küsste mich aufs Ohr und ich dachte, dass dies eben ein erwachsener Mann sei, keiner von den Jungs, die sich nicht trauen. Er setzte sich neben mich. Ich weiß nicht, wie ich dazu kam, aber ich sagte auf deutsch: »Ich liebe dich.« Er erwiderte merkwürdigerweise: »Ich danke dir«, und küsste meine Hand, jeden Finger einzeln. Hier war ich in einem fremden Land und nur wenige Wochen hier, und da war ein fremder Mann, den ich nur wenige Wochen kannte, der nichts von mir wusste und von dem ich nichts wusste und ich konnte nur denken, wenn er mich fragt, ob ich seine Frau werden will, so sage ich sofort: »Ja.« Er hielt mich im Arm und ich dachte garnichts, ich hatte nur Sehnsucht, eine furchtbare brennende Sehnsucht, wie ich sie nie gespürt hatte, ein ungeheures Erlebnis, ein Vergessen von allem. Plötzlich verstand ich, was das heißt: »Sie ist mit einem durchgegangen.« Plötzlich wusste ich, dass alles bisherige Eitelkeit war, eine crowd von boys oder Clark Perry, der Sohn vom Governor Perry, oder das Spielen mit Bromwich. Nein, ich war keine Amerikanerin, die sich scheiden lässt, um eine Abfindung zu bekommen oder um eines neuen Hauses willen. Ich hatte ein großes Erlebnis gehabt, ich hatte drei Wochen mit geistigen Deutschen gelebt. Ich kannte sie. Danach misst man das Glück oder den Erfolg nicht mehr mit Gold. Man weiß, dass es nicht auf das Materielle ankommt.

Ich wusste, dass Miss Battle-Abbey mich auslachen würde, trotzdem sie soweit ging, der Gräfin Wandsdorff einen Kuss zu geben. Das war Liebe. Das war nicht die gute Partie oder die passende Heirat. Das war kein gesellschaftliches Erlebnis, sondern ein kosmisches. Hatte einer von uns je andre Erlebnisse gehabt als gesellschaftliche? Vielleicht ein Kind bekommen. Aber auch das nicht. Dafür war eine Nanny da. Hier aber wurde alles bedeutungsvoll. Hier bekam man Kinder und nährte sie. Hier starb man und wurde zur Erde zurück gebracht. Nicht death duties und nicht Nachrufe und nicht Todesanzeigen. Ich liebte. Ich hätte jubeln und zugleich weinen können. Stegen umarmte mich und küsste mich und ich wusste, danach gab es keine Rückkehr in das alte Leben, noch nicht einmal in diese Gesellschaft.

»Komm«, sagte ich, »wir wollen wegfahren.«

»Nein«, sagte er, »nicht so. Nicht so. Sei ganz ruhig. Ich hole dich morgen früh ab. Dann werden wir weitersehen.«

Er küsste mich auf die Stirn. Das ist Liebe, dachte ich. Stirn, das ist Liebe.

Ich konnte nicht mehr im Garten bleiben, das wäre aufgefallen. Wir saßen in der Bibliothek und tranken Kaffee. Der Lord war verschwunden. Ethel schien völlig verliebt in Raymond. Stegen setzte sich weit ab und unterhielt sich von gleichgültigen Dingen mit gleichgültigen Leuten. Schließlich gegen ein Uhr, ich war todmüde, fuhr er mich nach Hause. Ich wollte mich nicht von ihm verabschieden. Ich hoffte, er würde mich zu sich nehmen. Aber er sprach vom Opfer der Vernunft und redete mir gut zu und sagte mir, er würde mich am nächsten Tag abholen.

Ich schlief in Träumen ein.

12. Kapitel

Es war ein strahlender Sommersonntagmorgen. Ich zog mich sehr gut an und wartete in der Lounge. Herbert kam in seinem tollen Fiat, um mich abzuholen. Wir fuhren durch den hellen Wald hinaus an einen der Seen. Dort stiegen wir in Herberts Segelboot. Es war eine leichte Brise und wir schossen zwischen den Ufern dahin. An den Ufern lagen entzückende Villen, deren Gärten bis an den See reichten. Wir landeten in einem der Restaurants, so elegant wie in andern Ländern nur Restaurants sind von den elegantesten Klubs oder Besitzungen reicher Leute. Stegen, der mein Entzücken merkte, sagte: »Sehen Sie, die Welt versteht uns nicht, sie hat uns nie verstanden, aber es ging doch auch nicht, dass ein großer Teil der Villen, die wir heute gesehen haben, Juden gehörte, und der Besitzer dieses Restaurants war auch ein Jude. Ist das nicht ein Skandal?«

»Von uns verlangen sie dann, dass wir sie alle aufnehmen«, sagte ich, aber es war mir garnicht nach Politik zumute.

Ein Schmetterling flog über den Tisch.

»Komm«, sagte Stegen und wir gingen in den Wald. Es war sehr heiß und der moosige Boden ganz trocken. »Siehst du«, sagte er, »ein deutscher Mann ist passiv in der Kunst, er ist aktiv in der Jagd, aber in der Liebe ist er aktiv und passiv zugleich, hingebend und zugleich aktiv. Machen wir es wie die Vögel, wie die Schmetterlinge, wie alles, was um uns kriecht und fliegt ...« Ich sah, wie falsch alle diese Konventionen sind, wie falsch es ist, nach Brillanten zu streben und nach einer neuen Wohnungseinrichtung, ich sah, dass es auch für mich und meinesgleichen das höchste Glück gibt. »Tandaradei«, zitierte Herbert einen deutschen Minnesänger, »auf der Heiden wo unser beider Bette was.«

Wir fuhren mit dem Auto ins Hotel, wo ich mich umzog, um mit Herbert einer Sängerin zu lauschen. »Verdi soll dir alles sagen, für das ich zu klein bin, um es auzudrücken.« Es war der schönste Abend meines Lebens. Ich hatte das Wunderbare erlebt, die große Gnade, und als ich im Hotel in meinem Bett lag, da wusste ich, dass ich der glücklichste aller Menschen war, glücklicher, als ich je in New York hätte werden können.

»Komm«, dachte ich,« nimm mich wieder in deine Arme. Das ist das Alpha und Omega. Danach ist alles Fragen zu Ende. Das ist die Lösung, ja die Erlösung.«

»Sie haben sich wohl verlobt«, sagte Lord Dolgelly lächelnd.

»Nein«, sagte ich.

»A strange evening«, sagte Dolgelly.

»Sie haben sich doch so lange mit einer Dame unterhalten?«

»Ja«, sagte Dolgelly, »sie war dümmer als die Andern und ehrlicher, sie gab zu, für die Nazis gearbeitet zu haben.«

»Wie meinen Sie das?« sagte Miss Battle-Abbey, »Sie wollen doch nicht etwa andeuten, dass meine Freunde Nazis waren?«

»Entschuldigen Sie, aber ich habe meine Zweifel.«

»Erzählen Sie, was war?«, sagte ich.

»Die Schriftstellerin hatte einen berühmten deutschen Namen. Sie sagte, es wäre ihr nicht gelungen, irgend einen Erfolg zu haben, bis Hitler zur Macht kam, da habe man sie geholt. ›Geholt!‹, sagte sie zu mir, ›und ich kann mich auch sonst nicht beklagen, die Nazis haben mich persönlich entzückend behandelt.‹«

»Aber das ist doch nur eine Tatsache, die sie Ihnen mitgeteilt hat. Sie persönlich ist gut behandelt worden. Sie persönlich hat Vorteile durch die Nazis gehabt.«

»In andern Ländern nennt man so was Collaborationisten«, sagte Dolgelly.

»Nein«, sagte Miss Battle-Abbey, »Collaborationisten nannte man Leute, die mit dem Feind zusammenarbeiteten, aber in Deutschland sind die Collaborationisten eben die Patrioten. Wir selber sagen und sagten von den deutschen Truppen, wenn sie tapfer gegen uns kämpften, sie seien von einer hohen Moral, und wenn sie sich schnell ergaben, sie seien von einer niedrigen Moral.«

»Das ist trotzdem falsch. Man kann Leute nur als Collaborationisten bezeichnen, die mit dem Feind zusammenarbeiten«, sagte Gauntlett, »also jetzt mit uns. Münzhofer, Stegen und Kraus sind Collaborationisten.«

»Sie finden also auch, Mr. Gauntlett, dass wir Leute, die mit uns zusammenarbeiten, verachten müssen?«, sagte Miss Battle-Abbey.

»Ja, die Verwirrung ist groß«, sagte Dolgelly. »Diese Schriftstellerin hat mir noch weiter erzählt, Musik und Berge seien immer ihre Leidenschaft gewesen. Aber sie habe sich das nie leisten können. Eines Tages hätten ihr die Nazis ein entzückendes Häuschen in den Alpen zur Verfügung gestellt inclusive eines Bechsteinflügels. Wer hätte sich unter der Republik um sie gekümmert?«

Merton, der eine Weile im Zimmer in unsern Akten herumgesucht hatte, griff in das Gespräch ein: »Genau das ist es, warum die Demokratien immer mehr an Boden verlieren.«

»Was wollen Sie? Wollen Sie, dass das Government seiner Majestät die Gesinnung mit Geldgeschenken belohnt?«, sagte Dolgelly. Er saß auf einem Stuhl, der viel zu niedrig für ihn schien, die Beine weit vorgestreckt, eine Pfeife im linken Mundwinkel, die Hände in den Hosentaschen.

»Ja«, sagte der kleine fette Merton, ein Buch in der Hand, und drehte sich scharf zu Dolgelly um. »Ja!«

Lord Dolgelly lachte: »Merton, wo sollen wir anfangen? Sie wissen, was wise old Hawks gestern gesagt hat, die meisten Deutschen haben privatim keine Verbrechen begangen. Sie haben subjektiv recht gehandelt. Sie haben private Opfer gebracht. Wie sollen wir ihnen klar machen, dass sie es waren, die die Welt zerstört haben. Man müsste outlaw patriotism. Wie kann man das machen? In Deutschland sind Gehorsam und Pflichterfüllung die großen Tugenden, sind es schon seit Jahrhunderten. Wie kann man da den spirit of independence predigen?«

»Ich muss mal mit Schirikoff sprechen«, sagte Merton.

»Nehmen Sie mich mit«, sagte ich. Ich wusste nicht, warum ich darum bat. Oder doch, ich wusste. Ich hatte nach meinem großen Erlebnis mit Herbert das Bedürfnis, mich mit Jemandem auszusprechen, und mit wem hätte ich das können außer mit Madame Schirikoff?

Am Nachmittag holte mich Herbert ab und fuhr mich in seine Jagdhütte, sein Bungalow bei Berlin.

Wir tranken auf einer Veranda, die in den Tannenwald sah, Kaffee. Der Tisch war mit einer karierten Decke gedeckt und mit derbem bunten Porzellan, eine große Steingutvase mit wilden Blumen und Gräsern stand in der Mitte. Der Kaffee duftete. Dies war das malerische Bauerntum, von dem ich so viel in Amerika gehört hatte und das man vergeblich in den Bierstuben dort nachmacht. Dies war echt. Ein großer Eberkopf hing in dem Hauptraum. Eine Holzbank umgab den großen bunten Kachelofen. Die Wände waren mit ungestrichener heller Eiche getäfelt und darauf hingen ganz moderne, sehr farbige Bilder, ein Utrillo, ein Picasso, ein de Chirico.

Wir saßen auf der Veranda, Herbert rauchte Pfeife. Er trug ein rotes Taschentuch als Krawatte, das mit einem Ring aus Hirschgeweih gehalten wurde. Dazu trug er eine derbe graue Jacke, die mit Eichenblättern aus grünem Tuch besetzt waren.

»Ich werde dich nicht heiraten«, sagte er plötzlich, als ob er gefühlt hätte, dass ich die ganze Zeit auf einen Heiratsantrag gewartet hatte, »diese unsre Beziehung ist nicht bestimmt, im Bürgerlichen zu enden, ich habe drei Frauen und von jeder zwei Kinder. Ich verehre sie alle. Ich würde mich freuen, wenn du die Kraft und Größe hättest, mir ebenfalls Kinder zu schenken. Wir Deutschen haben uns endlich befreit von dem blassen blutleeren lendenlahmen jüdischen Gott, den ihr noch anbetet. Wir haben auch unsern Gott, die Natur, wir haben auch unser Heiligtum, wir beten, dass die Natur uns fruchtbar mache, stark und klug. Wir beten, dass sie unsre Lenden segne. Wir glauben nicht, dass Entsagung eine Tugend ist, wir halten Erfüllung für eine Tugend. Wir kennen nicht Reue und nicht Gewissensbisse. Wir bekennen uns zur Anbetung der Fruchtbarkeit, wir bekennen uns zum Glück. Wir kennen kein Liebesunglück. Das ist eine Kategorie, in der wir nicht mehr denken. Die Frau, die uns gefällt, fragen wir, ob sie das Brautbett mit uns besteigen will. Wir ehren sie, wenn sie Mutter wird. Wir befördern die uneheliche Mutter, war sie Lehrerin, machen wir sie zur Schuldirektorin, war sie einfache Stenotypistin, machen wir sie zur Sekretärin. Unsre Vorfahren haben die uneheliche Mutter verdammt, in den angelsächsischen Ländern hält man noch immer an diesen mittelalterlichen Vorurteilen fest, wir sind am Ziel einer besseren Zukunft.

Ich gebe dir hier diese Jagdhütte zum Bewohnen, wenn du willst. Hier können wir der Liebe pflegen.«

Mein Kopf drehte sich, ich musste mich erst zurechtfinden.

»Ich führe dich auf einen hohen Gipfel, es ist nicht ganz leicht, Höhenluft zu atmen«, sagte er.

Ich will nur gleich sagen, dass ich nicht in die Jagdhütte zog. Ich hatte nicht die Kraft und den Mut, mit Onkel Phipps und Bromwich und allen zu brechen.

13. Kapitel

Es gab natürlich keine deutschen Filme, keine deutschen Bücher und keine Universität. Die von Deutschland ausgeraubten Länder hatten ihr gesamtes wissenschaftliches Material zurückverlangt, und da außerdem die deutschen wissenschaftlichen Institute und Universitäten zum größten Teil gebombt waren, so waren die Universitäten geschlossen worden, »nur für den Augenblick, nicht für dauernd«, wie Merton betonte. Hingegen sagte John Gauntlett, er sei sehr froh, dass die deutschen Universitäten geschlossen seien, und er stelle es als ein fait accompli dar, dass sie geschlossen blieben, sie seien das Gefährlichste, denn dort wurde die Kriegswissenschaft geboren, und er wüsste überhaupt keinen Zeitpunkt, in dem die deutschen Universitäten irgend etwas Nützliches hervorgebracht hätten. Er sei tief davon überzeugt, dass alle Erfindungen in allen Ländern gemacht werden könnten, wenn man sie nur genügend gegeneinander absperre. Er bringe übrigens garnichts darüber, da Leser nicht interessiert an Universitäten seien. Und warum sollten die deutschen Universitäten wirklich nicht geschlossen bleiben? Sie hatten die rockets erfunden, von denen Merton sagt, dass sie bis Amerika gehen.

Es gab auch keine deutschen Bücher. In Amerika und England hatte der public book trust das Veröffentlichen von Büchern unternommen. Er gab nur Bücher heraus, bei denen man mit einer Million Leser rechnen konnte. Diese Bücher wurden dann dramatisiert, verfilmt und zu Hörspielen umgearbeitet, so dass jedes erfolgreiche Buch mindestens vierzig Millionen Menschen erreichen konnte. Man hielt das allgemein für ein großes Glück, weil man nur auf diese Weise eine geeinigte Menschheit zu erreichen hoffen konnte.

Ein amerikanischer Philosoph hatte nachgewiesen, dass die mittelalterliche Kultur, die in ganz Europa die gleiche war, auf der Bibel beruhte, einem einzigen Buch, und er erklärte, dass Bücher wie *Gone with the Wind* und ähnliche Erfolge zusammen mit Film, Radio und Theater Vorläufer einer solchen Gemeinsamkeit seien. Diesen book trust reizte die Veröffentlichung deutscher Bücher gar nicht, denn mit was für Auflagen konnte man schon rechnen, da es außerdem immer mehr aus der Mode kam, Bücher zu kaufen, die älter als drei Monate waren?

Dolgelly hatte einem ehemaligen deutschen Verleger Schmidt, der in New York lebte, gleich nach Kriegsende vorgeschlagen, dass er leichte Bücher über die neueste Geschichte herausbringen solle. Schmidt machte geltend, dass die Deutschen mit der ganzen Politik fed up seien, er bringe nur Unterhaltungsliteratur heraus und zwar nichts, in dem das Wort Konzentrationslager oder Nazi auch nur vorkomme. Später stellte sich heraus, dass Schmidt noch viel mehr recht hatte, als er dachte. Es war nicht erlaubt, deutsche Bücher nach Deutschland zu schicken, weder von der Schweiz noch von Amerika. Wir zogen es in Betracht. Die Engländer erlaubten nur Übersetzungen aus dem Englischen. Da die wenigsten Deutschen gewagt hatten, Bücher aus der Vorhitlerzeit in ihren Bücherschränken zu lassen, so fand man fast nur Naziliteratur in Deutschland. Der russische Staatsverlag überschwemmte Berlin mit glänzenden deutschen Büchern. Ich hatte mir zum Beispiel eine sehr schöne Goetheausgabe gekauft, die in Moskau gedruckt worden war. Besonders hervorragend waren ihre naturwissenschaftlichen Werke.

Dolgelly schlug vor, die Kinos wieder spielen zu lassen. Bromwich hatte drei deutsche Filme in Hollywood vorbereitet. Der Erste spielte 1940 im London des Blitzes. Ein deutscher Flieger sprang über London ab, ging in den Shelter eines Hotels, wo er eine Lady kennen lernte, die ihn mit auf ihr Schloss nahm. Hier lernte er an Hand des Butlers und eines hervorragend schönen silbernen Teegeschirrs die englische Kultur lieben und tötete zuletzt den ganzen Haushalt mit den Worten: »Man hat zu wählen, euch zu lieben oder zu vernichten. Ich wähle das Letztere.« Das letzte Bild zeigte ihn, wie er in Russland marschierte, nachdem er sich in einem englischen Hafen in ein Schiff nach Deutschland eingeschmuggelt hatte. Der zweite Film war heiter und zeigte eine Badekostümprämierung, einen Millionär, der sich in eine Arbeiterin verliebt und ihr 300 Kleider auf einmal kauft, einen Nachtklub mit einer großen Revue in Technicolor und Fred Astaire.

Der dritte Film war ein Thriller und zeigte einen Amerikaner, der in seiner Privatbar eine tötende Nadel eingebaut hatte, mit der er sieben Mädchen hintereinander umbringt.

Alle drei Filme entsprachen nicht völlig Dolgellys und Hawks' Geschmack. Nur Miss Battle-Abbey sagte: »Man kann sich die Deutschen garnicht primitiv genug vorstellen.«

Hawks hatte vorgeschlagen, einen reinen Dokumentenfilm aus Newsreels als Aufklärungsfilm zusammenzustellen. Und zwar sollte das Londoner ministry of information das machen, da aber inzwischen auf Verlangen des *Daily* Propaganda drive: »Stop the officials«, das M. o. I. aufgelöst worden war, nahm Hollywood die Idee auf.

14. Kapitel

Fischer und Baumann hatten zusammen gesessen und an einem Brief gedruckst: »Dear Miss Battle-Abbey?«

»Nein«, sagte Fischer, »es muss heißen, Madam.«

»Ich weiß nicht«, sagte Baumann.

»Sicher, Madam.«

»Müssen wir überhaupt englisch schreiben?«

»Wir waren sieben Jahre in England! Sicher doch.«

»Also: Madam.«

»Na, gut.«

»Madam, may I ask you a favour? Would you be kind enough to grant me an interview?«

»Du, ich glaube, das ist ganz schlechtes Englisch. Man fällt nicht so mit der Tür ins Haus.«

»Also?«

»Außerdem wieso favour? Wir tun ihr einen Gefallen. Sie hat sich bei uns zu bedanken.«

»Es ist doch nur eine Phrase. Sie müsste wissen, wer wir sind.«

»Wie soll sie denn das wissen?«

»Also muss man es ihr klarmachen.«

»Wie?«

»Excuse us, when two former German politicians …«

»No.«

»Two former German politicians ask you a favour ...«

»For a favour.«

»Wait a moment – ask you for a favour or ask you a favour. Ich bin ganz sicher, ask you a favour ist richtig.«

»Also sehen wir im Lexikon nach.«

»Ich weiß nicht, wo.«

»Es kommt auch nicht so drauf an.«

»Also: Madam, two former German politicians ask you a favour. Would you be kind enough to grant us an interview. We have something of importance to say.«

»We have to say something of importance. Ist eigentlich überflüssig. Selbstverständlich we have to say something of importance, würden wir sonst ein Interview wollen?«

»Na gut. Ich garantiere, wir bekommen keine Antwort.«

»Doch natürlich bekommen wir eine Antwort. Aber es kommt garnichts daraus. Ist je in London was dabei herausgekommen? Erinnerst du dich? Miss Battle-Abbey begs to inform you.«

»Seien Sie doch nicht verrückt, Baumann. Es ist doch völlig gleichgültig. Wir haben Miss Battle-Abbey was mitzuteilen, was ungeheuer wichtig ist. Wir müssen durchkommen.«

»Wir werden nicht.«

So ging ihr Gespräch. So ging ihr Brief ab. Miss Battle-Abbey hatte vorzügliche Formen. Sie ließ sofort schreiben. Sie empfing sie sofort. Ich saß in Miss Battle-Abbeys Zimmer, als die zwei Herren gemeldet wurden.

Herr Fischer sah ziemlich gewöhnlich aus, ein untersetzter, blonder, sehr deutscher Mann von etwa 47 Jahren. Baumann war ein Berliner Arbeiter, der so Dialekt sprach, dass wir ihn beide nicht verstanden. Miss Battle-Abbey saß hinter dem Schreibtisch, sehr schön und sehr freundlich.

Fischer sagte: »Please may I ask you, if we can speak immediately to the point.«

Miss Battle-Abbey machte eine ihrer liebenswürdigsten Gesten.

Fischer sagte: »Stegen was the right hand man of Goebbels. Münzhofer was the chief editor of the Berliner Abendnachrichten during the whole of the Nazi-regime.«

Miss Battle-Abbey erwiderte: »You know that for sure?«

»Of course«, sagte Fischer, »Kraus has served the Nazis in a decisive moment, when they made an end to the newspaper of which he was the managing director.«

»Mr. Kraus was not less than three times imprisoned by the Nazis.«

»Yes he was, because our names happened to be among his notes, but that does not mean anything, as he has served the Nazis as the best of his abilities.«

Miss Battle-Abbey nodded and was silent. »As a matter of fact«, said she, »I can't tell you anything. Anyhow I thank you very much for your information.«

Baumann sagte plötzlich in scharfem Berliner Cockney: »Ich will Ihn' mal was sagen: Sie haben sich hier ne ausgesprochne Faschistenclique angelacht. Und so ist es überall. Die Herren Nazis kriegen die Posten wie eh und je. Unsereiner kann ja nischt dagegen machen, aber wissen sollen Sie es wenigstens.«

»Baumann«, sagte Fischer entsetzt und befehlend, verbeugte sich und verschwand.

Door shut. Miss Battle-Abbey sagte: »It's up to the standard of the emigration in London. Telling stories, one against the other and providing themselves with jobs by blackening the colleagues. Everybody against everybody.«

Dolgelly kam herein und Miss Battle-Abbey erzählte ihm und schloss: »As a matter of fact I mistrust them all but I know at least the countess. My parents were friends of her parents. At least not some nobody. At least somebody I can rely on.«

»Man sollte auf alle Fälle versuchen zu erfahren, wer Fischer und Baumann waren«, sagte Dolgelly.

»Sehr schwer«, sagte Miss Battle-Abbey, »das alles ist fünfzehn Jahre her. Die Archive wurden gebombt. Wichtigste Augenzeugen sind gestorben.«

»Ich werde mal bei den broadcasting people anfragen. Vielleicht wissen die.«

»Bei denen habe ich wieder das Gefühl«, sagte Merton, »dass sie jeden Nichtkommunisten als Nazi bezeichnen.«

Ein paar Tage später sagte Dolgelly: »Schrecklich, der Müller von den Broadcastingleuten sagte, ›Fischer und Baumann seien beide keine Antifaschisten und höchst verdächtig.‹«

»Of course«, sagte Miss Battle-Abbey.

15. Kapitel

Die glücklichsten vierzehn Tage meines Lebens lagen hinter mir. Den ganzen Morgen lächelten wir uns an, wenn wir uns im Office sahen. Mittags aßen wir, um Gerede zu vermeiden, nicht gemeinsam, aber nach fünf Uhr begann unsre Zeit. Zweimal gab eine Wanderbühne Vorstellungen im Hotel. Nicht amusement, sondern einmal die *Butterfly* und einmal Molières *Eingebildeter Kranker*. Zweimal waren Konzerte.

»Siehst du, das waren wir immer«, sagte Herbert, »der Mittelpunkt Europas, der Kristallisationspunkt seiner Kulturen. Wir waren im Gegensatz zu den Angelsachsen immer aufgeschlossen für alles Fremde. Lass dir nichts erzählen. Wir haben, wo wir hinkamen, nicht Hollywoodkitsch hingebracht oder ›amusement‹ or ›fun‹ or ›great fun‹ sogar, sondern wir haben, wo wir hinkamen, die große Kultur der betreffenden Länder gepflegt. Nie war Frankreich französischer, sprühender, geistvoller als unter der deutschen Besatzung. Wir haben in Holland Vondel gespielt und in Dänemark Holberg. Wir sind es gewesen, die überall die echten, großen nationalen Werte der Völker wieder entdeckt und vorgeführt haben, statt den fürchterlichen Mischmasch der Hollywood-Kultur. Ihr werdet alle noch sehen, wie falsch alles war, was man über diesen jüdischen Krieg sagte. Wenn es Widerstand gegen uns gab, so aus Nationalismus, dem selben Nationalismus, den ihr an uns verdammt.«

Er nahm meine Hand und küsste sie.

Ich dachte, was wird heute werden? Der Fiatwagen sprang an. Wir sausten durch die warme Sommernacht in unser Häuschen. Ein kaltes Abendbrot stand auf dem Tisch, eine Flasche Sekt im Kühler. Ich dachte immer nur eins: Liebe mich, liebe mich. Was ist alle Politik? Dies ist wichtig im Leben. Hätte er mich jetzt gefragt, ob ich mit ihm in das Sommerhaus ziehen wollte, ich hätte »Ja« gesagt. So fern war ich von New York. So gleichgültig war mir, was Clark Perry sagte oder Tante Ketta oder Mrs. Bromwich. Ich bekam ganz andre Maßstäbe. Der 53. Lord erschien mir nicht mehr als ein Lord, nicht mehr eine Sache für Gesellschaftsschönheiten und Karriere. Lord Dolgelly war ein sehr wohlwollender, vielleicht ein bisschen weltfremder Mensch und es begann mir gleichgültig zu werden, ob er Smith hieß oder Lord So und So.

Aber Herbert fragte mich nicht mehr, ob ich in die Jagdhütte ziehen wolle. Ich hatte überhaupt Angst, irgendwie eine unbestimmte Angst und ich hätte beten können, beten, dass er mir diesen Mann erhielte.

16. Kapitel

Es war an einem dieser Abende, wo ich schon mit Angst erfüllt war, dass der gute Merton mich mit an die Bar nahm.

»Lange nicht gesehen«, sagte Schirikoff, »three vodkas! Recht? Und ein paar Cocktails. Rosecocktail für Miss Phipps? Und was wollen Sie? A Manhattan?«

»Danke, danke,« sagte Merton. »Gut, 'n Manhattan. Und Sie selber?«

»Ich ziehe einen Boomerang vor.«

»Ausgezeichnet!«, sagte Merton. »Für mich auch einen Boomerang.«

Und dann gerieten wir wie immer bei Merton in ein prinzipielles Gespräch: »Die Demokratie beruht darauf«, sagte er, »dass wir nicht nach der Gesinnung fragen, dass der Mensch so lange er im Staat seine Pflicht tut, denken, reden und sogar schreiben kann, was er will.«

»Richtig. Und wir erlauben nicht, dass jeder seinen privaten Unfug machen kann. Ihr erlaubt zum Beispiel, dass jeder, der dazu fähig ist, durch Rassen oder nationalistische Aufhetzung eure governments kaputt machen kann. Wir haben jede nationalistische Aufhetzung verboten und die selben Georgier, die in Frankreich unter den Deutschen schlimmer als die Nazis selber waren, und die Letten, die in Polen tausende von Juden folterten, die selben Letten und Georgier verhalten sich tadellos korrekt, wenn es ihnen verboten ist, Schweine zu sein. Ohne Gewalt hält die Welt nirgends zusammen. Zum ersten Mal wohnen Rumänen friedlich neben den Ungarn und Serben friedlich neben Kroaten.«

»Na, und sind die Russen keine Antisemiten mehr und die Letten keine Schweine?«

»Of course, they are. Aber was sie denken, ist ganz uninteressant. Es gibt keine Armenierfrage und keine Pogrome, überhaupt keine Nationalitätenprobleme mehr bei uns. Wir zwingen die Leute, bessere Menschen zu werden. Wir haben keine so guten Häuser wie ihr und nicht diesen ganzen Luxus und nicht diese ganze Verweichlichung. Aber wir haben Ideale, die Ideale, eine neue Welt aufzubauen.«

»Halt, halt«, schrie Merton. »Und wo bleibt der historische Materialismus? Was sucht ihr? Gerechtigkeit, Gleichheit und Brüderlichkeit, dafür habt ihr gehungert.«

»Richtig.«

»Aber wenn wir Gerechtigkeit und Freiheit und Brüderlichkeit wollen, dann sagt ihr seit vierzig Jahren, es ist nur der verlogene Überbau über dem ewigen Enrichissez-vous.«

»Ist es auch nur.«

»Bei uns ist der historische Materialismus richtig, aber in Russland der Idealismus.«

»Richtig. Wir haben den Materialismus überwunden. Und wir scharen die Menschen um uns, denn wir geben ihnen Freiheit und die echte Demokratie. Ihr gebt ihnen die Freiheit, Handel zu treiben. Wer unterdrückt die Deutschen, wir oder ihr? Wer veröffentlicht deutsche Bücher? Wir. Ihr wollt nur eure englischen Schriftsteller in Nahrung setzen. Wo wird Theater gespielt? Bei uns oder bei euch? Bei uns. Denn wir wissen, was der Geist bedeutet zur Eroberung der Welt. Ihr denkt, eure Bomben haben genügt.«

»Aber wieso haben Sie während des ganzen Krieges die Vernichtung der Deutschen gepredigt?«

»Als die Deutschen bis in die Ukraine vorstießen, haben wir erkannt, der Marxismus genügt nicht, um die Deutschen aufzuhalten, wir brauchen einen stärkeren Anreiz und das war der alte russische Patriotismus und damit haben wir ja auch gesiegt. Diese Periode ist abgeschlossen. Wir sind dabei, 30 Millionen kommunistische Manifeste auf deutsch zu drucken.«

»Das ist in nuce was ich gegen euch habe. Wenn eine Zentralstelle es für richtig hält, müssen 250 Millionen Menschen nationale Russen sein, und von einem Tag auf den andern müssen sie international werden. Früher hat man das Gleichschaltung genannt.«

»Merton, you get nasty. Come take a drink.«

»Thank you, Schirikoff.«

»Was ist mit Ihnen, Miss Phipps? Meine Frau hat Sie gern. Sie möchte gern mit Ihnen zusammen sein.«

»Ja«, sagte ich, »ich glaube, ich werde sie bald besuchen.«

Und als ich das gesagt hatte, wusste ich, dass ich nie mehr mit Herbert zusammen sein würde.

Der nächste Tag war ein Freitag.

Ich sagte zu Herbert – trotzdem ich wußte, es war ganz hoffnungslos – »Was machen wir morgen Abend?«

»Ich kann nicht«, sagte Herbert.

Ich hätte nun schweigen sollen. Aber ich sagte: »Und Sonntag?«

»Leider vergeben.«

»Das kann doch nicht sein«, sagte ich.

»Aber erlaube, *muss* ich jeden Sonntag mit dir zusammen sein?«

»Nein, nein!«, sagte ich.

Wir waren ja moderne Leute, es war alles freiwillig, natürlich.

»Gutes Mädchen«, sagte Herbert und gab mir einen Kuss, rasch, denn es war im Büro.

So vergingen 14 Tage.

Eines Tages sagte Merton: »Sie machen sich unmöglich.«

»Wieso?«

»Sie können nicht immer vor der Tür von Stegens Büro rumstehen.«

»Tue ich denn das?«

Ich wusste es garnicht, aber ich merkte es an andern, wie elend ich war. Ich zog mich nicht mehr gut an. Ich ließ mich verkommen. Ich hatte keine Lust mehr zu irgend etwas. Als die Gräfin Wandsdorff uns zu einer großen Gesellschaft einlud, sagte ich ab. Schließlich versuchte ich Klarheit zu bekommen. Ich zog mich wie in alten Zeiten an, Bad und Parfum und eine neues herrliches aus Paris geschicktes Sommerkleid und ich nahm einen Pelzumhang, denn es lag schon Herbst in der Luft. Ich nahm mein kleines Auto und kam nach Gatow. Mir war sehr elend zu Mute, als ich an das Haus kam, in dem ich so glücklich gewesen war wie nie zuvor. Ich stand einen Augenblick davor. Die Wirtschafterin schien mich gesehen zu haben, öffnete die Tür und sagte: »Erwartet Herr Stegen Sie?« »Ich denke?«, sagte ich. »Ich glaube nicht«, sagte die Wirtschafterin und da hörte ich ihn lachen, genau so lachen, wie er mit mir gelacht hatte, und ich hörte eine Mädchenstimme! Ich hatte genug. »Danke sehr«, sagte ich zu der Wirtschafterin und lief zu meinem Wagen und fuhr ins Hotel.

Es war ein herrlicher Abend und ich dachte nur, dass ich nicht in meinem Zimmer sitzen wollte. Ich fuhr mit dem Autobus ins Westend, und als ich ausstieg – es war schon dunkel –, rutschte ich aus und fiel hin. Es war ein sehr merkwürdiges Gefühl, ich lag auf dem Asphalt und sah lauter Räder um mich, ich dachte, jetzt, jetzt wird wohl ein Auto über mich wegfahren, aber es war gar nicht unangenehm. Es war weich, da zu liegen. Ich sah durch die Bäume in den fast dunklen Himmel und rings um mich fuhren lautlos die ungeheuren Wagen mit den großen Lichtern. Ich war sehr glücklich. Wieso ich wieder aufstand, kann ich nicht sagen. Ich stand jedenfalls auf und da ich mich etwas taumelig fühlte, rief ich ein Auto und fuhr ins Hotel zurück. Im Hotel merkte ich, dass mein Arm blutete, ich ging ins Bett und wer kam sofort? Mrs. Schirikoff. Sie setzte sich zu mir und ich erzählte ihr alles.

»Ein Selbstmordversuch«, sagte sie.

»Nein«, sagte ich.

»Ein unbewusster«, sagte sie. Ich blieb ein paar Tage liegen.

Als ich wieder aufstand, sagte ich zu Merton, dass ich gern verreisen wolle.

»Ja«, sagte er, »Sie möchten sich in die Einsamkeit vergraben. Das gibt's nicht. Heute Abend gehen wir zur Erstaufführung unsres famosen Propagandafilms.«

Wir fuhren nach langer Zeit zum ersten Mal wieder alle zusammen und zwar ohne Stegen, der sich glücklicherweise hatte entschuldigen lassen.

Der Film war grandios. Er zeigte Hitlers Paraden und den ganzen Militarismus des Regimes vom ersten Tage an. Er zeigte die Zerstörung der Gewerkschaftsbüros, die Verhaftung der Kommunisten, den Einmarsch in Österreich. Es waren die originalen Newsreels und Hitler war von jubelnden Volksmassen umgeben.

Es kam der erste Zwischenruf: »Seht, wie die jubeln! Und jetzt haben sie nichts zu fressen!« Die Zuhörer wurden unruhig, einer fing an das Lied zu singen, das populär zu werden begann: »Ostmark, deutsches Bruderland, abgetrennt durch welsche Tücke.« Glücklicherweise machten einige Sss und so wurde es ruhig oder vielmehr ruhiger. Dann marschierten die Deutschen in Polen ein. Der Krieg begann. »Warum?«, schrie einer, »weil die Juden uns nicht erlaubten, die deutsche Stadt Danzig wiederzubekommen. Vom Kampf gegen die Juden zeigen sie natürlich nichts. Schweigende Verschwörung der jüdischen Weltherrschaft.« Einer stand auf und sagte: »Das würde Ihnen so passen, jetzt soll alles nicht wahr sein, nicht wahr, dass der Jude in Moskau und die Juden in England und Amerika uns vernichten wollen. Ihr werdet bald merken, was es heißt, den Juden zuzulassen. Wir wollen wieder deutsch werden. Wir wollen wieder deutsch werden.« Plötzlich fingen die Leute an, im Chor zu rufen: »Wir wollen wieder deutsch werden.«

»Don't speak English«, sagte Merton, während wir hinausgingen.

Im Ausgang stand Schirikoff, herzlich und freundlich wie immer. »Bei Ihnen ist natürlich alles in Ordnung, weil man es nicht laut werden lassen darf, wenn etwas in Unordnung ist«, sagte Merton zu ihm.

»Die Leute sind zufrieden. Sie irren sich.«

»Schirikoff!! Und Sie glauben, alle Deutschen rechts der Weser sind russenfreundliche Kommunisten?«

»Was der Mensch in seinem Herzen denkt, ist uns ganz egal. Sie können jedenfalls ihre eigene Sprache und ihre eigene Kultur haben. Sie haben Sicherheit und Ruhe. Die großen Güter sind aufgehoben und die

Mehrzahl ist uns dankbar für die 12 acres, die sie durch uns bekommen haben. Sie haben deutsche Bücher und deutsche Filme.«

»Aus Moskau.«

»Ja, richtig, aus Moskau. Und was haben Sie? Chaos und Unzufriedenheit.«

Wir hatten am Abend eine sehr ernste Unterhaltung.

»Kommen Sie«, sagte Lord Hawks zu Merton und mir, »wollen wir uns noch ein bisschen an unsern Bartisch setzen?«

Es war ein runder Tisch in einer Ecke, wo uns niemand beobachten konnte. Merton kannte den Barmixer gut. Er saß oft bis zwei, drei Uhr an der Bar. So sagte er auch nichts, als wir uns für eine lange Sitzung noch einrichteten, trotzdem es schon ½11 Uhr war. Eigentlich rauchten die beiden Herren nur und für mich war es höchst langweilig, trotzdem ich überhaupt schon froh war, wenn ich nicht allein zu sein brauchte.

Der 53. Lord kam an den Tisch, setzte sich fast ohne Gruß, beschäftigte sich mit seiner Pfeife und trank Rotwein. »War eben doch nicht genug!«, sagte er nach einer Weile.

»Was?« sagte Merton.

»Krieg gewinnen. Single seater fighter. Nicht genug.«

»Sie waren Pilot?«, sagte ich.

»Of course.«

»Nein, nicht genug«, sagte Hawks. »Umbringen ist keine Lösung.«

»Ich werde Ihnen einen Brief zeigen, den ich heute von meiner Zeitung bekam«, sagte Merton: »Readers are becoming ever more disinterested in Europe. They only want our boys home. Ich muss Ihnen ferner mitteilen, dass Ihr immer stärker werdender Radikalismus hier außerordentlich verstimmt hat. Die notwendige Evakuierung großer Bevölkerungsgruppen haben weder als ›Vertreibung von Haus und Hof‹ noch als ›Sklaverei‹ bezeichnet zu werden. Ihre Bemerkungen wie ›Haben wir diesen Krieg gekämpft, damit wir die deutsche und japanische industrielle Konkurrenz los werden?‹, sind ganz unangebracht. Als slave worker kann nur ein Mitglied der Vereinten Nationen bezeichnet werden. Wir sind im übrigen dabei, das Blatt wieder auf den Frieden umzustellen. Readers are not interested in politics, art, science. Readers are very much interested in love stories and crime. We want one illtreated child or woman possibly in detail once monthly. If murder, best woman kills man or lover and wife kills husband, if not available man kills woman will do. We will bring as little as possible in legislation, economics and administration except fraud by officials.«

Plötzlich begab sich etwas sehr Merkwürdiges. Während Merton den Brief faltete und wir alle schwiegen, nahm Dolgelly seine Pfeife aus dem Mund und sagte: »Mob!« Er war leichenblass und seine Hände zitterten. »Sie haben völlig recht, Merton, haben wir diesen Krieg gekämpft, um den 1815 selig entschlafenen Rheinbund zu erneuern, haben die Russen diesen Krieg gekämpft, um den Balkan und Mitteleuropa zu beherrschen? Habt ihr die Japaner bestochen, damit sie euch die Flotte versenken, um für die Eroberung neuer Märkte kämpfen zu können?

Nein und tausendmal nein. Dafür haben nicht Frauen und Kinder im Regen vor den Londoner Untergrund- bahnhöfen auf ihren Betten gesessen im September 1940. Dazu sind nicht eine ganze Generation von jun- gen Männern durch Agonien von Schmerzen gegan- gen. We fought to rid the world of fear. We fought and our comrades died that the courage shall not vanish from the earth, the courage to love, to create, to take risks, whether physical or intellectual or moral, that man shall not hesitate to carry out the promptings of the heart or the brain because having acted, they will live in fear that their action may be discovered and themselves cruelly punished. I did not go through thir- teen operations for East Prussia being Polish or the Rhineland being French. We fought for the oneness of mankind. Einer meiner Vorfahren hat gegen die Armada gekämpft. Haben wir Spanien zerstückelt? Haben wir die spanischen Niederlande an Holland gegeben? Wir waren froh, den Philipp los zu sein, und wir wussten, Spanien war für alle Zeit erledigt. Und nachdem Napoleon fünfundzwanzig Jahre Europa verwüstet hatte, hat man ein Stück Frankreich an Ita- lien und ein zweites an Spanien und ein Drittes an

Deutschland gegeben? Verlangte man Reparationen und punishment von den Franzosen? Man war froh, Napoleon los zu sein. Man machte Frieden auf dem Wiener Kongress und setzte nicht den Krieg mit andern Mitteln fort. Wir wussten, Frankreich ist für alle Zeiten erledigt, dann hat es sich noch einmal unter einem zweiten Napoleon hochgerappelt und den haben wir von Bismarck besiegen lassen und seitdem ist es ganz aus. Genau das Selbe ist jetzt zum zweiten Mal passiert. Wir haben die Deutschen 1914 besiegt und dann haben sie sich unter einem zweiten Wilhelm noch einmal hochgerappelt und nun sind sie zum zweiten Mal besiegt worden und jetzt sind sie für alle Zeiten erledigt, genau wie die Spanier oder die Franzosen. Vierzig Jahre Frieden hat der Wiener Kongress zu bringen verstanden und vierzig Jahre Frieden hat es nach 1870 gegeben. Warum? Weil man nicht daran dachte, jeden einzelnen Franzosen für die Napoleons und ihre Kriege verantwortlich zu machen, und weil die Sieger Frieden wollten, pax pacis, nicht möglichst viel für sich selber rausholen.«

Dolgelly war sehr erregt. Und ich sah plötzlich, er hatte ein künstliches Gesicht. Die großen blauen Augen und das sanfte kohlschwarze Haar und die weißen sehr schönen Zähne, das war alles gewachsen, aber sonst sah ich das Gesicht war voll mit Nähten. Es hatte etwas gespanntes und die Oberlippe war merkwürdig vernarbt. Er war ein verstümmeltes Meisterwerk der Natur. Er war sicher schöner gewesen als Stegen, aber Stegen war ein Nazi gewesen und so war er gesund geblieben. Dolgelly aber hatte für Ideale gekämpft, das war die ungesündeste Beschäftigung, die ein Mensch seit vierzig Jahren haben konnte, und darum hatte es auch ihn erwischt.

Hawks erwiderte sehr leise: »Die Wahrheit ist, dass niemals Friedensschlüsse so nach Macht gemacht wurden und zwar nicht nach der Macht des zufälligen Sieges, sondern nach der effektiven Macht der Menschenzahl. Die Slawen vermehren sich und die Westeuropäer gehen unter und darum ist alles, was geschieht, nur eine Vernebelung der Tatsache, dass die slawischen Völker die westlichen Völker einfach durch ihre Volkszahl überrennen.«

»Aber trotzdem liegt das Zurückgehen unsrer Bevölkerungen nicht an den wahnsinnigen Friedensschlüssen«, sagte Dolgelly, »sondern daran, dass sich keiner mehr die eigene Konkurrenz in die Welt setzen will. Jetzt endlich nach hundert Jahren hat es sich bis zur letzten Charwoman herumgesprochen, dass es steigende Löhne nur dort gibt, wo keine hungrige Jugend an die Tore klopft. Die eigenen Kinder sind die Hauptkonkurrenz. Wenn man keine Kinder hat, kann man alles allein aufessen. Das ist zwar eine falsche Theorie, denn eine blühende Wirtschaft kann es nur bei wachsender Volkszahl geben und im Frieden. Aber bis man das erkannt hat, sind wir, die Kulturvölker Europas, ausgestorben.«

Ich konnte mir nicht helfen. Ich fing an zu weinen, denn niemand stirbt gern aus.

Niemand achtete auf mich, denn eben traten Gauntlett, den Arm um Schirikoff, und ein deutscher Feldmarschall ein. Der Feldmarschall trug deutsche Generaluniform. Er sah großartig aus, graues Tuch mit viel Goldstickerei und roten Streifen. Sie gingen an die Bar und prosteten sich gegenseitig zu: »Drink, brother, drink«, sagte Gauntlett, »we don't care for Europe, we only care Mary for thee. We don't care for the Dutch, we don't care for the French, we only care Mary for thee«, begann er den neuesten Schlager, »take Ireland, Friend«, fuhr er fort, »we were never able to settle the Irish problem, you will, take Ireland, Friend«, sang er. »Lord Hawks, I have the greatest success of a lifetime, I have bought the memories of Dr. Goebbels' first adjutant: My fight for truth, we will publish them in installments, they will last for 14 days, we have paid for them 100 000 pounds, the highest amount ever paid for articles, I got 10 %, that's 10 000 pounds, I got them before the Americans. The greatest sensation of our time, grandiose, never heard before, never seen before, thrilling, exciting, an appointment with fear. Schirikoff, my eternal friend, morituri te salutant, Feldmarschall, hip, hip, hurray, hip, hip, hurray.« Gauntlett fiel hin.

»Total betrunken«, sagte der alte Lord. »Bring the man to his room. Kommen Sie an unsern Tisch.«

Schirikoff stellte den Feldmarschall vor. »Sehr interessiert, Sie kennen zu lernen, Feldmarschall, kommen Sie, Herr Schirikoff, muss mich entschuldigen für Herrn Gauntlett, der Mann hat zu viel Geld, zu viel

Geld. You are living in Russia?«, wandte er sich an den Deutschen.

»Bin Russe geworden«, sagte der, »organisiere russischen Generalstab, mache Versuche mit Raketen oben rum« – er zeigte von seinem Kopf zu seinen Füßen und zurück, »und ringsum«, er zeigte um seine Taille, »ich meine, vom Nord zum Südpol und um den Äquator, Durchschlagskraft ausgezeichnet, russische Kameraden sehr entzückt, habe garnichts gegen Russland, die deutsch-russische Armee, unser Traum von 1925 ist Wirklichkeit geworden. Andersrum, als wir dachten, Sitz des Generalstabs nicht Berlin, sondern Moskau, aber was besseres können wir uns wünschen als einen Staat, der die ›Generallinie‹ auf seine Fahne schreibt. Der soziale Nationalismus war das Ideal Preußens, oder wie es Spengler ausdrückte: der preußische Sozialismus. In Russland haben wir den nationalen Sozialismus. Das steht uns viel näher als der Mischmasch der schwarz-rot-goldenen Internationale. Im übrigen, jestatten, Ihr Spezielles, Herr ...?«

»Lord Hawks«, sagte der alte Lord mit dem freundlichsten Lächeln von der Welt.

»Dacht ich mir's doch«, sagte der Feldmarschall, »kluge Leute, die Herren Angelsachsen, immer so'n bisschen dem Volk entgegengekommen und die Herrn Lords behalten in Wirklichkeit das Heft in der Hand. Clever! Als wir dem Volk entgegenkommen wollten, gerieten wir an den Mob.«

»Sie irren«, sagte Lord Hawks. »Ich bin ein geadelter

Suppenkrämer. Mein Vater hatte eine tiny grocery and I went by the backdoor, wir glauben nicht an Schwertadel. With you a general wurde geadelt, with us the successful grocer.«

»Are you a grocer?«

»God forbid. I am Hawks' Soup and the Cow in the Bag. Anyhow, our grocers become peers and when you tried to start a popular movement or as you say, dem Volk entgegenzukommen, dann wählten Sie einen corporal with Jackboots whose main aim was to destroy, to destroy whatever. Hier haben wir den Dolgelly, dessen Vorfahren mit Queen Boadicea gegen die Römer gekämpft haben. Sie haben immer und überall gekämpft, wo es was zu kämpfen gab. Aber die lange Reihe von Seeräubern endete vor 350 Jahren. Seitdem hielten sie nicht mehr Krieg und Piraterie für das Geschäft eines Gentlemans, aber Ihr Adel hielt noch immer an diesem kriegerischen Ideal fest und trug seit 200 Jahren bis vorgestern den Waffenrock, das Kriegskleid und nannte es ›den Rock des Königs‹. Unser Dolgelly – excuse, Sir Bysshe, my personal remarks – ist ein Pazifist, ein Mitglied einer unrealistischen, aber höchst ethischen Gesellschaft, Federal Union – wenn es bei Ihnen einen solchen Adeligen gegeben hätte, wie hätten Sie ihn genannt? ›Verjudet!‹ Verjudet war bei Ihnen Jemand, der für andre Ideale kämpfte als kriegerische. Es ist alles gekommen, wie es kommen musste. Wer das Schwert zieht, soll durch das Schwert untergehen! Ich weiß nicht, wann zuletzt Engländer mutwillig Gotteshäuser in Brand gesteckt haben, aber es ist sicher Hunderte von Jahren her, wenn, dann geschah es in einem ganz andern ethischen Klima. Sie haben Gotteshäuser einer winzigen harmlosen Minderheit in Brand gesteckt und das Ende war, dass Ihre Städte verbrannten. Please Mr. Merton, give me a glass of water.«

»Ist was dran an dem, was Sie sagen, aber Sie haben eben nie wie wir eine vaterlandslose sozialistische Bewegung gekannt.«

»Richtig, weder vaterlandslos noch sozialistisch in Ihrem Sinn. Auf dem Continent they are levellers nach unten to extinguish the few rich ones, we are levellers nach oben to raise the many poor ones. Wir wollen nicht unsre großen public schools und damit unsre privilegierte Schicht auflösen, sondern wir wollen mehr Privilegierte schaffen und die public schools erweitern. Wir senken zwar den Lebensstandard der Reichen mit unsern großen konfiskatorischen Steuern, aber das ist nicht das Ziel, das Ziel ist den Lebensstandard der Armen zu heben, wenn dabei die Reichen etwas leiden, so wird das hingenommen, aber es ist nicht wichtig, in keiner Beziehung.«

»Entschuldigen Sie, Lord Hawks, ich wollte den Herrn Feldmarschall die ganze Zeit fragen, was ist die schwarz-rot-goldene Internationale?«, sagte Merton.

»The three Internationals, which eventually got Germany, the black Catholics, the red Socialists, the Golden Jewry. And what are you, man?«

»Democrat and Presbyterian«, said Merton.

»What an Aryan?«

»A Presbyterian. I am an American democrat.«

»Means Cowtow to the mob. Prefer Russia, strong hand, powerful regime, authority and what scope! 650 million men, um Soldaten auszubilden. And no destructive Weltanschauung, but the good old faith of our forefathers in Progress, die Naturkräfte zu zügeln, to make the steam and the electrical currents servants of men, to build higher and better dams, more and ever more railways, to have more cars, more wireless sets, more fireengines than any body else und kein Zweifel, dass wie beim dekadenten Westen der Fortschritt das Ziel der Menschheit ist. Excellent, excellent.«

Schirikoff griff ein: »Feldmarschall von Bredoff ist ein geschätzter Mitarbeiter. Aber es ist spät. Kommen Sie schlafen.«

»Schirikoff, Bredoff, Metschnikoff. Was ist der Unterschied zwischen Fürst Jusupoff und Fürst Bülow-Büloff? Or all these Prussian counts Pritwitz, Pritzelwitz, Zetlitz? All slav names. Der Glaube, dass der Adel von ganz Europa germanisch ist, ist doch offenbar noch viel größerer Unsinn, als ich bisher geglaubt hatte«, sagte Merton.

»Was ist Wahrheit?«, sagte Dolgelly und es klang äußerst desperate.

»Tun Sie mir einen Gefallen und machen Sie keine Experimente mit Segelbooten wie Ihr großer Namensvetter. Die Havel ist ein berühmtes Selbstmordgewässer.«

17. Kapitel

Merton gab mir den Auftrag, alte Zeitungen durchzusehen. Es war eine ungeheure Arbeit. Ich begann um 1940 und entdeckte sehr bald, dass Mürzhofer Chefredakteur einer Zeitung unter den Nazis war, und was das bedeutete, war ja wohl kar. Ich sagte das Merton. Merton war der Meinung, dass wir vorerst schweigen wollten.

Diese Arbeit mit den Zeitungen in einem ruhigen Keller war wunderbar für mich. Ich war fast immer allein und ich hatte nicht nötig, Stegen zu begegnen. Ich hatte dreimal versucht, ihn zu einer Aussprache zu bewegen, aber er hatte es vermieden. Er hatte einfach gesagt: »Wozu?« Ich fragte mich natürlich, was ich falsch gemacht hatte, wieso ich ihn wieder verloren hatte, vielleicht hatte ich ihm zu sehr gezeigt, dass ich ihn liebte. In New York wäre mir das natürlich nie passiert, aber hier hatte ich plötzlich das Gefühl, dass das alles richtig war, was Stegen sagte, und dass man ehrlich sein sollte auch in der Liebe und dass ich nur meinem Gefühl folgen sollte, und nun hatte alles so schrecklich geendet.

Bei dieser Arbeit traf ich einen jungen Mann, der mich ansprach, er hörte natürlich sofort, dass ich eine Ausländerin war.

Er erzählte mir, dass er zwei Jahre lang von seinem siebzehnten bis zu seinem neunzehnten Lebensjahr habe keine Arbeit finden können: »Und da habe ich gesehen, wie die Autos über die Straße fuhren, lange elegante Wagen, wie die Restaurants voll waren, und ich dachte, dass nicht das Geld der Maßstab sein dürfte für Erfolg, sondern ein heroischer Lebenslauf wie unter den Kaisern und den preußischen Königen, wo der Offizier das Symbol des Opfers, das Symbol des Alles für seine Leute, das Symbol des Nichts für sich war.«

Ich erwiderte ihm, dass doch das Ziel dieser Offiziere der Krieg war und dass Krieg das größte Unglück der Menschheit ist.

»Nein«, sagte er, »wir wollten Frieden, wir wollten nur Ehre. Niemand wollte Krieg in Deutschland.«

»Aber warum haben Sie denn dann das Offiziersideal?«

»Der Offizier ist nur ein Symbol des Opfers, zu dem wir immer bereit sein müssen.«

»What about happiness?«, sagte ich. Aber er verstand mich nicht. »In der amerikanischen Verfassung«, sagte ich, »wird der pursuit of happiness für die Menschen gefordert.«

»Was für ein gemeines Ideal!«, sagte er. »Ich wusste das garnicht, aber gerade das wollten wir bekämpfen.«

Ich arbeitete ziemlich ohne Resultat, bis Merton mir sagte, dass Stegen unter dem Pseudonym Grassmann unter den Nazis geschrieben habe. Ich sah die Zeitungen durch und entdeckte alle möglichen glänzend geschriebenen Aufsätze von Grassmann. Ich wagte nicht allein zu entscheiden und rief Merton zu Hilfe. Merton begann im Keller zu arbeiten und war so fasziniert, dass er im Augenblick alle andre Arbeit aufgab.

»Hier«, sagte er, »liegt unser Stegen lieblich ausgebreitet: Die Demokratie von 1919–1932 und Grassmann, der Nazi von 1933 bis 1944 und von neuem Stegen, der Liebhaber der angelsächsischen Welt von 1945 an. Und dann Mürzhofer, Chefredakteur eines demokratischen Blattes bis 1933, plötzlich Besitzer von 1934 an desselben Blattes unter Naziregime. Und Kraus, unser Kraus, unser harmloser Kraus. Schwärmer für die Sowjets 1919 bis 1924, Reklamechef der Demokratie zwischen 1924 und 1933, Syndikus der Kleinviehzüchter bis 1944, um sie gleichzuschalten. Freundlicher Verräter nach allen Seiten. Wir kennen ihn: ›Der Mensch will doch leben.‹ Aber dem wird's nicht durchgehen.«

Merton war nicht wegzubekommen von den alten Zeitungsbänden: »Es ist die aufschlussreichste Lektüre«, sagte er, »man weiß Bescheid. Nicht nur über die Deutschen, sondern auch über alle Andern, die europäische Kultur vom Norweger Hamsun bis zum Salonphilosophen Ortega y Gasset, die dem Erfolg aus der Hand gefressen haben, die den ganzen deutschen Quatsch nachgeplappert haben.«

Und als ob sich alles verschworen hätte, uns unsre Leichtgläubigkeit zu beweisen, kam am gleichen Tag ein anonymer Brief: »Möchte Ihnen mitteilen, dass ein Graf Wandsdorff im November 1938 durch mich den Inhalt der jüdischen Kunsthandlung Becker in seine Wohnung hat befördern lassen und dass eben dieser Graf 1940 aus der Wohnung des Grafen Romsky 227 Andrejewski in Warschau einen Möbelwagen voll nach Berlin geschickt hat. Graf Wandsdorff war ein armer Schlucker vor 1933, der von seinem Gehalt als Oberleutnant in der Reichswehr leben musste.«

Miss Battle-Abbey sagte, als Merton ihr den Brief zeigte: »Wir verkommen alle in Deutschland, wir rühren schon anonyme Briefe an.« Sie fasste den Brief an einem Zipfel und wollte ihn gerade ungelesen zerreissen, als Merton ihn ergriff und sagte: »Ich rühre ihn nicht nur an, ich glaube ihm sogar.«

»Mr. Merton!«

»Yes, Miss Battle-Abbey!«

»Ich werde meine Freunde zu schützen wissen!«

»Miss Battle-Abbey!«

»Die Gräfin Wandsdorff ist meine Freundin!«

»Miss Battle-Abbey, seien Sie doch vernünftig, exponieren Sie sich doch nicht für Leute, die Sie nicht kennen, denen Sie garnicht gewachsen sind. Ich werde die Sache untersuchen. Und bitte machen Sie keine Andeutungen zu Ihren Freunden. Ich kann sehr nasty werden.«

»Ich weiß, Mr. Merton.«

»Thank you!«

Merton wandte sich an die Polen. Die Wandsdorff-Sache aufzuklären schien fast unmöglich. Die Romskys existierten nicht mehr in Polen. Niemand kannte auch nur ihre Gräber. Becker? Was war mit Beckers Kunsthandlung? Wo war sie hingeraten? Merton ließ in Amerika nachforschen. Es gab eine Kunsthandlung in New York, in der ein Mann arbeitete, der Bescheid wusste. Dolgelly klingelte die Gräfin an, arrangierte einen Teebesuch mit einem englischen Kunsthistoriker, der die Gräfin bat, ihren Kunstbesitz registrieren zu dürfen, d. h. das sagte er erst, als er da war, da die Herren Angst hatten, wenn er es vorher sagte, würde die Gräfin schnell verreisen. Und das trat auch ein. »Mit Vergnügen«, sagte nämlich die Gräfin, »nur sehen Sie, ich verreise morgen, meine Dienstboten gehen auf Urlaub und ich schließe das Haus zu.«

»Es ist ja keine so große Galerie«, sagte der Kunsthistoriker, »ich kann das jetzt schnell machen.«

Die Gräfin war nicht dumm. Sie sagte: »Mylord, Sie verdächtigen mich. Die Bilder sind alle von der Kunsthandlung Becker käuflich erworben worden.«

»Es tut mir sehr leid, dass ich Sie das fragen muss, aber ich muss. Haben Sie irgend welche Belege?«

»Nein«, sagte die Gräfin, »Sie meinen Rechnungen oder so was? Wir pflegen keine Rechnungen aufzuheben.«

»Können Sie mir sagen, wann Sie die verschiedenen Bilder gekauft haben?«

»Nein, leider nicht.«

»Frau Gräfin«, sagte Dolgelly, »wir wollen offen miteinander sein. Wir wissen, dass Ihre französischen Kommoden und kostbaren Stühle aus dem Schloss des Grafen Romsky sind.«

»Woher wissen Sie das?«

»Wir wissen es. Wann und wo haben Sie dieses Stück gekauft?«

»Die Grafen Wandsdorff haben doch nicht nötig, alte Möbel zu kaufen. Sie sind geerbt.«

»Also bitte, lassen Sie mich schnell die Bilder registrieren.«

»Bitte sehr, aber Sie werden einsehen, dass dies Ihr letzter Besuch bei mir war.«

Lord Dolgelly verbeugte sich.

Am Abend sagte Dolgelly: »Wir werden nie erfahren, ob wir es mit Dieben zu tun hatten oder mit vornehmer Aristokratie.«

»Doch«, sagte der Kunstgelehrte, »die Gobelins gehörten dem Grafen Romsky, ich habe in einem Handbuch nachgesehen.«

»Aber ob und wann sie der Graf verkauft hat, das wissen wir nicht.«

»Im Zweifelsfalle sind sie gestohlen.«

»Sie nehmen das an, aber vielleicht hat sie der Graf verkauft. Wann gehörten sie noch den Romskys?«

»1934.«

»Ich werde es noch mal versuchen.«

Dolgelly telefonierte: »Frau Gräfin, ich verstehe Ihre Empörung, ein Datum könnte alles aufklären, wann haben Sie die Gobelins erworben?«

»1933.«

»Ich danke Ihnen vielmals, verbindlichsten Dank und recht gute Erholung.«

»Was zerbrecht ihr euch den Kopf?«, sagte Merton, »alles andre stimmt auch.«

»Man weiß es nicht«, sagte Dolgelly, »ich habe ein schlechtes Gefühl. Man benimmt sich ordinär.«

»Sie sind in Nazideutschland. Bei den Erben der Nazis. Das war das Talent der Nazis, alle anständigen Menschen zu zwingen, sich ordinär zu benehmen, und sich selber als die Feinen hinzustellen.«

18. Kapitel

Ich habe einen großen Journalisten entdeckt«, sagte Merton. »Er hat zehn Jahre lang prophetische Artikel gegen die Nazis geschrieben. Stegen wusste nichts von ihm, aber Kraus konnte mir interessanterweise seine Adresse geben. Kommen Sie mit, wir werden das andre Deutschland endlich treffen.«

Wir fuhren endlos. Schließlich ließ ich mein Auto an einer Straßenecke stehen. Ein Haufen elend aussehender kleiner Kinder sammelte sich um uns. Die Vier- und Fünfjährigen waren ein völlig anderer Typ als die Älteren. Sie waren eine Mischung aller Rassen, eins sah mongolisch aus, viele waren weißblonde Slawen, einige pechschwarze Italiener und Franzosen. Hitler war ganz offenbar für Rassenmischung eingetreten. Wir gingen durch Straßen, in denen hohe Mietskasernen neben Schuttplätzen und Ruinen standen. Schließlich kamen wir in eine Straße, die ganz war. Es stand dort ein hohes Haus, hinter dem weitere hohe Häuser um kleine Höfe standen. Wir gingen in eines der hinteren Häuser und kamen in ein entsetzliches Treppenhaus. Die Treppen waren völlig ausgetreten und von überall hörte man Geschrei und Gekeif und das Schrecklichste: Es stank. Plötzlich wusste ich: das Schlimmste an der Armut ist, dass sie schlecht riecht. Von jedem Treppenabsatz führten endlose Gänge, wo scheußliche Frauen standen und wir mussten uns mit unserm fremden Akzent zu Reinhold durchfragen. Schließlich kamen wir an eine Tür an der stand »Reinhold«.

Merton klopfte. »Herein«, sagte eine angenehme Stimme. Merton machte die Tür auf. In einem Bett mit Wäsche bezogen, die grau vor Schmutz war, lag ein Mann, der eine schwarze Binde über einem Auge hatte und eine völlig zertrümmerte Nase. Außer dem Bett stand ein kleiner Gaskocher da, auf dem etwas Stinkendes kochte, ein Stuhl und ein winziger Tisch.

»Was wollen Sie«, sagte der Mann.

»Wir sind amerikanische Journalisten, mein Name Merton. Wir wollten Sie als einen großen Kollegen aufsuchen.«

Der Mann im Bett richtete sich auf: »Fräulein, setzen Sie sich auf diesen Stuhl, ich habe keinen andern. Mr. Merton, setzen Sie sich hier aufs Bett, wenn es Ihnen nicht zu eklig ist. Es ist schmutzig, ich weiß, Wäsche kostet, sauber sein kostet und außerdem gibt's keine Seife.«

»Sind Sie krank?«

»Ja, natürlich. Ich war sieben Jahre im Konzentrationslager. Sie sehen, mir wurde das Auge rausgeschlagen und die Nase zertrümmert, man blieb nicht gesund als Antinazi in diesen zehn Jahren. Keiner. Die Gesunden, Mr. Merton, sind alle Nazis oder solche gewesen. Die fremden Kommissionen haben mit tödlicher Sicherheit wieder die Schwimmer rausgepickt. Wir aber, die Nichtschwimmer, die wir von Hitler als erste kaputt gemacht worden sind, wir sind zum Verrecken da. Ihr Herr Kraus, den Sie sich da zugelegt haben, dem muss ich noch dankbar sein. Er hat mir einen Anzug geschenkt. Er hat zu mir gesagt: ›Hast du eine Ahnung, was das hieß, unter den Nazis arbeiten? Keine Kleinigkeit. Da haste dich drehen und winden müssen.‹ ›Hätte ich mich eben nicht gedreht und gewunden‹, habe ich ihm erwidert. ›Der Mensch muss doch leben‹, hat er gesagt. Und hat er nicht recht? Wozu sind Millionen gestorben? Wozu ist ganz Europa zerstört worden? Für die Aufteilung Deutschlands? Niemals hat man mehr entgegen aller Ethik gehandelt wie in diesen letzten fünfzig Jahren. Für die schwachen deutschen Demokraten das Versailler Diktat. Für den säbelrasselnden Hitler jeden Landzuwachs, den er wollte. Für das geschlagene Deutschland, das sich in die europäische Völkerfamilie friedlich einordnen würde, die territorialen Kompensationen und überall in Mittel- und Osteuropa sind die Liberalen und die Wahrheit eingesperrt. Dort versteht man unter Freiheit die Freiheit, Kommunist zu sein, und unter freien Wahlen Wahlen, bei denen es sicher ist, dass man eine kommunistische Majorität bekommt, und über uns allen liegt die große graue Decke der Angst. Wir haben keine Vereinigten Staaten von Europa, keine gemeinsame Währung, keine gemeinsamen Verkehrsverwaltungen. Die Rohstoffe Europas werden nicht gepoolt und seine Fertigfabrikate auch nicht. Europa konnte ein Gebiet werden wie Amerika mit einem gemeinsamen Parlament und einem auf vier Jahren gewählten Präsidenten, der ein Schweizer hätte sein müssen.«

»Warum ein Schweizer?«, sagte Merton. »Ein Amerikaner!«

»Nein, Mr. Merton, kein Amerikaner, denn auch Sie sind ein Vertreter der Macht, die böse ist von Anfang an. Ein Schweizer, weil er ein Vertreter der Machtlosigkeit und des reinen Gewissens ist. Aber wir streiten uns um Kaisers Bart. Wir haben nicht die Vereinigten Staaten von Europa bekommen. Die guten Menschen der Welt haben schon 1914 bis 1918 um die Vereinigten Staaten von Europa gekämpft, und einer der größten Menschen, die je gelebt haben, Wilson, der ist verbittert gestorben, weil sie alle die Fahne verlassen haben. Und aus der Enttäuschung über diesen dummen Frieden war die noch dümmere Ansicht entstanden, dass es sich nicht lohnt, für irgend etwas zu kämpfen, vor allem nicht für die Sache, für die am meisten gelitten und gestorben worden ist, für die Freiheit nämlich. Und so hat man sich kampflos Hitler ergeben.« Plötzlich fasste Herr Reinhold Mertons Hand und sagte: »Entschuldigen Sie, dass ich ohne Punkt und Komma spreche, aber ich liege hier einsam, ich habe seit Jahren nicht sprechen können, mit Niemandem, ich bin sehr krank. Lassen Sie mich reden! Hitler hat große Ideen ad absurdum geführt, aber deswegen bleiben diese Ideen doch groß. Eine neue Ordnung für Europa. Gemeinnutz geht vor Eigennutz im Staatsleben wie im Leben des Einzelnen. Und was ist schließlich Kraft durch Freude anderes als the pursuit of happiness in der gewaltigen amerikanischen Verfassung? Mein Kohl brennt an! Ach bitte, Fräulein, drehen Sie das Gas ab! Aber es gab ja auch keine deutsche Regierung im Ausland. Wer von der deutschen Emigration ist nicht ausgewandert, weil er eine jüdische Frau oder eine jüdische Großmutter hatte? Nicht 5 %. Wer war da? Thomas Mann, der ein großer Dichter, aber kein Politiker war. Und sonst kompromittierte Sozialdemokraten oder Kommunisten, die einen Tag einen Mann einen Faschisten nennen und den andern Tag einen Kameraden, beides auf gleichen Befehl. Die haben doch alle kein Gehirn mehr. Sie sind ein guter Mensch, Mr. Merton, wären Sie sonst zu Jemandem gekommen, der Ihnen so wenig nützen kann wie ich? Wir sind die gleiche Generation. Sie haben wahrscheinlich das Gleiche erlebt wie ich. Erinnern Sie sich, wie die Russen ihren Aufruf ›An Alle‹ in die Welt schickten? Wir waren jung und begeisterungsfähig, wir glaubten an eine neue Welt, an eine echte Verbindung von Gleichheit, Freiheit und Brüderlichkeit und nun warten wir vergeblich seit dreißig Jahren auf die Freiheit in Russland. Die Liberalen in Jugoslawien, die sich verbergen müssen, die deutschen und tschechischen Demokraten, die in London geblieben sind ...«

»Regen Sie sich nicht auf, Herr Reinhold, wer von uns kann über diese Geschichte der letzten dreißig Jahre hinwegkommen? Es gibt nicht genug Stellen für

Leuchtturmwächter, was das Einzige ist, was ein anständiger Mensch tun kann. Ich bringe Ihnen ein großartiges englisches Stück, das uns allen aus dem Herzen gesprochen hat und *Thunder Rock* heißt. Es wurde 1939 geschrieben über einen, der, verzweifelt über die Appeasementpolitik, ein Leuchtturmwärter wurde. Regen Sie sich nicht auf, Herr Reinhold, ich bin nämlich hergekommen, um Sie eine ganz einfache praktische Frage zu fragen. Haben Sie sich eigentlich je um journalistische Arbeit bemüht?«

»Aber natürlich, Herr Merton. Es werden doch keine Deutschen für deutsche Zeitungen angestellt. Nur Hilfskräfte und wer sind die? Getarnte Nazis. Wie den Rundfunk getarnte Kommunisten machen. Diese Herren kannten mich nicht, sie hatten nie von mir gehört. Ich war zwar der bekannteste Berliner Journalist, aber niemand kannte mich. Als ich zu Miss Battle-Abbey kam, sah sie mich zweifelnd an, ich sehe scheußlich aus, ich bin zerlumpt, nein, ich bin nicht Herr Stegen, der zwar Herrn Goebbels geholfen hat, aber repräsentativ ist. Sie gab mir sehr freundlich einen Fragebogen zum Ausfüllen, in dem wurde ich gefragt, wieviel Silben ich in der Minute stenographiere. Sie selber sah mich an und fragte mich nicht. Sehen Sie, sie fragte nicht. Herr Merton, wissen Sie, dass das die große Sünde aller Engländer ist, nicht zu fragen?«

Es war dunkel geworden.

»Was ist, Herr Reinhold«, fragte Merton. »Was ist? Sprechen Sie weiter! Was ist? Was ist denn?«

Er war eingeschlafen, schien es. Es war dunkel geworden. Im Zimmer war kein Licht. Auf dem Tisch, auf dem der Kohl gekocht hatte, stand eine Kerze. Ich zündete sie an.

»Herr Reinhold, Herr Reinhold«, sagte Merton, »sprechen Sie weiter, ich habe Ihnen so viel zu sagen. Sie müssen uns helfen. Wer ist Kraus? Oder wollen Sie schlafen?«

Ich hielt die Kerze hoch.

»Er schläft nicht«, sagte ich, »er ist tot.«

Ich wusste es. Ich hatte nie einen Toten gesehen, aber ich sah es sofort. Er war plötzlich nicht mehr hässlich, nicht mehr verkommen, unrasiert und zerschlagen. Er war ganz ruhig und ganz versöhnt.

»Schnell, schnell«, sagte Merton, »ich bleibe bei ihm, schnell zu einem Doktor.«

Da stand ich auf dem dunklen Korridor, auf dem es grässlich roch, und hatte nichts als meinen goldenen Zigarettenanzünder, um zu leuchten. Scheußliche Frauen kamen aus allen Türen und Männer, die Mörder sein konnten oder wenigstens Diebe. Unvorstellbar viele Menschen. Sie schliefen auf der blanken Erde im Korridor. Wo würde ich einen Arzt finden? Ich wagte nicht mit Jemandem zu reden, weil ich Angst hatte, sie würden mich dann überfallen. Ich lief die Treppe hinunter und vor der Tür leuchtete ich gerade in ein Gesicht von einem Mädchen.

Bei der ersten Begegnung mit dem Gralskönig, da war Parzival ein Gentleman, erzogen in allen Künsten der großen Welt. Aber er fragte den Gralskönig nicht, warum er aus einer großen Wunde blutete. Er war zu gut erzogen. Es wäre interfering gewesen. Er musste noch jahrelang wandern, um zu lernen, dass das gute Herz mehr ist als gute Manieren. Als er nach jahrelangem Aufenthalt bei dem gottesfürchtigen Trevrizent wieder zum Gralskönig kam, da fragte er und gewann den Gral.

Ich fragte das Mädchen nach dem nächsten Arzt, sie gab mir einen komplizierten Weg an und ich versuchte, mich zurechtzufinden. Es war kein Auto zu sehen, kein Wagen überhaupt, ich hatte das Gefühl, als stiege ich nur über Schutt.

Schutt und Asche, dachte ich. Schutt und Asche, bis ich an eine breite Straße kam oder was man dafür halten konnte. Ich stieg eine ausgetretene Treppe hinauf und kam in einen entsetzlichen Raum. Es roch genau wie in Reinholds Haus und in Reinholds Zimmer. Ich hatte das Gefühl, das alles wäre ein Traum und ich täte Dinge, die ich in wachem Zustand nie tun würde. Das Zimmer war mit ein paar Azethylenlampen beleuchtet, die stanken und ein grünes Licht verbreiteten. Es saßen da Tod und Teufel, Krankheit und Hunger, eine alte Frau, fett und gierig und neidisch, und ein junger Mann, er hielt eine Uhr in der Hand und grinste, ein Geschöpf war da voll von Bandagen mit einem Auswuchs auf dem Kopf und ein kleines Kind mit einem aufgeblähten Bauch. Ich stand im Zimmer und ich wusste, Krankheit, Tod und Teufel und Hunger würden mich holen, wenn ich nicht aufhörte zu denken und mitzuleiden und zu wollen, wenn ich nicht so rasch wie möglich aus Europa floh. An den Wänden hingen Plakate über Syphilis und Wanzen, über Läuse und wie man Klosetts rein hält wegen der Typhusgefahr.

Aus der Tür kam ein Mann in mittleren Jahren. »Herr Doktor«, sagte ich.

»Sie sind nicht die Nächste.«

»Herr Doktor, jemand stirbt.«

»Muss warten, ich muss erst diese hier abfertigen. Der Nächste bitte.« Es ging das hungrige kleine Kind mit dem aufgeblähten Bauch.

»Ich kann nicht warten, hier ist die Adresse und 10 Mark, nehmen Sie bitte ein Taxi.«

Ich lief zurück. Ich fand das Haus und lief die Treppen hinauf. Wieder kamen sie aus allen Türen und ich fürchtete mich jämmerlich. Ich hörte Merton ganz leise in Reinholds Zimmer sprechen. Merton kniete auf dem Boden vor dem Bett und hatte seinen Kopf an den schmutzigen Decken und Händen von Reinhold. Ich blieb an der Tür stehen.

»Die Welt ist böse. Sie ist nicht besser geworden. Tausend Christusse sind ans Kreuz geschlagen worden für ihre Überzeugung und sie haben nichts erreicht. Jetzt ist der Moment, wo man den Deutschen hätte sagen können, so weit habt ihr es gebracht, weil ihr an Macht geglaubt habt und nicht an Gerechtigkeit und Wahrheit, weil ihr Wind gesät habt, werdet ihr Sturm ernten, weil ihr Menschen misshandelt habt, habt ihr den geringen Vorrat an Liebe, der in der Welt ist, so verringert, dass ihr nun frierend dasteht. Die Deutschen haben zum ersten Mal seit 150 Jahren Krieg in ihrem eigenen Lande gehabt. Wenn etwas ein Volk erzieht, dann das. Aber statt dessen erfahren sie, dass die andern auch Beute machen wollen. Sicherheit schreien sie und nehmen Stücke Land, kleine Fetzen, über die die Raketen in Sekunden schießen und die Flugzeuge in Minuten. Sicherheit, Reinhold, es gibt nur eine Sicherheit, das ist die Übereinkunft der Menschen, was gut und böse ist. Und überall tun sie so, als gäbe es nur eine ganz bestimmte Menge von Gütern in der Welt und es ginge darum, recht viel von dieser Menge zu bekommen, und als ob ein Volk nur reich werden kann, wenn ein anderes arm wird. Und wir Amerikaner wollen nichts abgeben von unserm Reichtum, im Gegenteil, wir möchten die englische Handelsflotte von den Meeren vertreiben, denn wie sollen wir für all die Kaiserschiffchen Fracht bekommen? Und die Guten werden weiter gekreuzigt und die Bösen machen weiter Geschäfte. Und die Lichter sind über Europa aufgegangen und schreien ›Heinz 57‹ oder ›Oxo‹. Ich habe nichts gegen 57 oder Oxo, sie sind gute Dinge, aber übermorgen schreit wieder einer von den Hauswänden: ›Tötet alle Tamilen‹ oder ›alle Priester‹ oder ›alle Schuhmacher‹. Reinhold, ich habe niemanden auf der Welt, niemanden, der mir zuhört, niemanden, der mich versteht, Sie dürfen mich nicht verlassen. Mit Ihnen zusammen will ich kämpfen. Ohne Sie gehe ich in den

Thunder Rock, in den Leuchtturm im Michigansee. Ich kann nicht und ich will nicht mehr. Ich bin 40 Jahre alt, und 15 davon habe ich gekämpft gegen die Dummheit des Menschen. Erfolg? Reinhold, was ist Erfolg? Etwa Kommentator sein für 575 amerikanische Blätter? Nein, ganz gleichgültig. Einen Roman schreiben, den 500 000 Menschen lesen und durch den sich nichts ändert? Wir werden alle am Ende Swifts, die die Menschen nicht mehr riechen können. Alle diese sogenannten Freiheitskämpfer in Europa, diese Inder, diese Araber, was wollen sie? Die eigene Nation erhöhen. Let not a man glory in this that he loves his country, let him rather glory in this that he loves his kind. Nur Sie, Reinhold, Sie sind ganz rein. Sie haben gegen Ihr eigenes Vaterland gekämpft, als es gegen die Wahrheit und die Gerechtigkeit vorging. Sie haben keine ›Moral‹. Ihre Moral ist niedrig. Sprechen Sie doch zu mir. Sprechen Sie.«

Ich wagte nicht, mich zu rühren. Ich stand in der Dunkelheit und hörte Merton sprechen. Ich dachte, dass Merton alles kriegen konnte, was er wollte, Aufträge von Hollywood, Vortragstourneen, dass jede Zeile von ihm gedruckt wurde, nicht einmal, sondern zehnmal, ja hundertmal, und nicht nur auf englisch, dass jedes seiner Bücher ein Bestseller war und dass er sich um nichts riss, dass er diesen albernen Vollbart trug, der jede Frau abstoßen musste, und dass er etwas wollte, was niemand verstand. Ich hatte nicht gewusst, dass es das gab, ich kannte nur Leute, die Posten haben wollten, reiche Jungs heiraten und Aufträge kriegen, Stellungen und Posten. Ich schämte mich meines Ehrgeizes mit Bromwich mehr als je. Ich hatte Stegen geliebt, ich hatte nichts gewollt, nur Liebe, aber das war ein Irrtum gewesen. Ich hatte das Glück, Merton zu begegnen, der ein großer Mann war. Ich wollte das Leben leichter für ihn machen, denn er war ein guter Mensch. Die meisten wussten nicht mehr, was gut war, weil sie alle nur einen Wunsch hatten, reich und mächtig zu sein, und weil man verachtet wurde, wenn man zum Beispiel arm heiratete.

Da klopfte es und der Arzt trat ein. Merton stand auf und wir zündeten die Kerze an. Der Arzt ging auf das Bett zu und untersuchte: »Tot. Der Mann ist tot. Der ist so gut wie verhungert, außerdem haben sie ihm eine Niere zerschlagen, das ist ganz typisch. Man findet das jetzt häufig. Ich werde gleich einen Totenschein ausstellen. Sind Sie ein Verwandter?«

»Nein«, sagte Merton.

»Aber Sie nehmen wohl alles in die Hand, Beerdigung und so?«

»Ja, ja«, sagte Merton, »nehmen Sie bitte das junge Mädchen mit und setzen Sie sie in ein Taxi. Was bin ich Ihnen schuldig?«

»Die Totenscheingebühr«, sagte der Arzt.

»Was?«, sagte Merton. »Auch dafür haben die Nazis vorgesorgt?«

»Nein«, sagte der Arzt, »ich habe noch unterm Kaiser studiert. Mit den Toten ist es immer das Selbe gewesen. An den Toten hat den Nazis nicht so viel gelegen, auch nicht an den Alten.«

»Tja, ja, vor einem grauen Haupte sollst du aufstehen?!«

»Steht man bei Ihnen noch vor einem grauen Haupt auf?«

»As a matter of fact: no.«

»I thought so. Here you are. Christianity finished. Goodbye. Kommen Sie, junges Mädchen.«

»Ich möchte bei Ihnen bleiben«, sagte ich, »vielleicht kann ich Ihnen helfen.«

»Ach was, Blag«, sagte Merton. »Lassen Sie mich bitte allein.«

Ich ging mit dem Arzt weg. Es war ganz dunkel. Auf dem Korridor standen ein paar Frauen. Sie fragten: »Ist er dot?«

Man merkte es, er war nicht beliebt. Er war keiner der ihren. Er hatte sich nicht um sie gekümmert. »Ja«, sagte der Arzt. »Den haben sie auch zu sehr verdroschen«, sagte eine. Es war unsagbar ordinär, wie sie das sagte. Ich war froh, neben dem Arzt zu gehen, obzwar der nichts sagte. Ich hatte das Gefühl, er hielt innerlich lange Ansprachen an mich, und ich wusste, wenn Merton dabei gewesen wäre, er hätte ihn nur allzusehr zum Reden gebracht, aber ich traute mich nicht. Ich hielt auch lange Ansprachen an ihn, aber auch ich sagte nichts.

Ich bekam ein Taxi und fuhr ins Hotel und schlief bis Mittag.

19. Kapitel

Am nächsten Morgen beim Frühstück war Merton nicht da und ich wunderte mich und sagte: »Warum ist Merton wieder nicht gekommen?«

»Es scheint, dass er krank ist,« sagte Gauntlett.

Niemand schien sich kümmern zu wollen.

Ich tat etwas, was ich noch vor drei Monaten nicht getan hätte. Ich ging zu ihm. Ich klopfte, aber niemand antwortete. Ich ging hinein und ich sah, dass neben dem Bett vier Flaschen Whisky standen. Vier Flaschen Whisky! War er betrunken? Offenbar, denn ich sah noch andre abscheuliche Zeichen von Betrunkenheit und ich nahm schnell die Tür in die Hand, um wieder zu verschwinden.

Da sagte eine Stimme vom Bett her: »Sie brauchen nicht hinauszulaufen, ich bin im Augenblick ganz nüchtern. Nett, dass Sie kommen. Es hat keinen Sinn. Es bleibt nur der Thunder Rock, aber wie ich höre, sind Leuchtturmwärterposten so gesucht, dass sie lange Wartelisten haben. Auch tropische Inseln sind gesucht, aber ich habe nicht mehr die Kraft, eine zu suchen. Ich kann mich nur noch besaufen. Du, du hast ein Herz, so was hindert. Fahr so schnell wie möglich zurück, fahre zuerst nach Paris, wo die unterernährten Mädchen ihre ganzen Familien mit ihrer Näherei ernähren, und kaufe dir, was von der europäischen Kultur noch da ist: Kleider, Schmuck, Möbel, Bilder, von hier nimm dir Noten mit und von London Bücher. Sie schreiben dort noch immer sehr gute Bücher, nach denen sie nicht handeln. Und dann fahre zurück und heirate Clark Perry. Er wird Geld verdienen und du wirst ein paar Komitees angehören und du wirst nur mit Leuten verkehren, die auch Geld haben, und nach zehn Jahren wirst du einen zweiten Clark Perry heiraten.«

»Nein«, sagte ich, »Sie werden denken, Mr. Merton, ich bin eine Gans, weil ich mich in Stegen verliebte und weil ich mir von Bromwich imponieren ließ und weil ich nun sage: Lassen Sie mich bei Ihnen bleiben, versuchen Sie es mit mir als Sekretärin. Ich kann den toten Reinhold nicht vergessen und Sie können das auch nicht. Ich kann Madame Schirikoff nicht vergessen, zu der man gehen kann und sagen: ›Ich bin krank vor Liebe‹ oder sogar: ›Ich erwarte ein Kind‹, und ich kann Miss Battle-Abbey nicht vergessen, this cocksure Miss Battle-Abbey, die glaubt, dass Zuverlässigkeit, Freundschaft, Gastlichkeit, Dinge sind, die man nur in England kennt, ich kann unsern Hamlet Lord Dolgelly nicht vergessen und den weisen Lord Hawks und Mr. Gauntlett, der die Welt zerstört, und auch nicht M. Bestmann, der den Boden küsst, wo ein hübsches Mädchen gestanden hat. Und ich werde nie über die Ruinen hinwegkommen. Vorher habe ich nur gehört, Perry ist eine gute Partie und der Vater von Allen ist ein

Senator und Eve war 200mal eingeladen und man trägt Hermelin und Jane hat einen russischen Prinzen geheiratet und Dolly ist mit einem französischen Grafen befreundet, aber durch Sie, Mr. Merton, habe ich die Welt kennen gelernt.«

»Du bist ganz jung, da wünscht man sich einen alten, klugen Mann als Freund. Aber du weißt nicht, wie alt ich bin, wie müde, ich habe genug, ich will nicht mehr. Wozu das alles? Wohin? Wieder ist ein großer Moment der Weltgeschichte versäumt worden.«

»Mr. Merton, Sie sind so gut zu mir, Sie haben mich, die ich Ihnen nur wie eine Gans vorgekommen sein muss, zu allem mitgenommen. Ich habe in einem Vierteljahr mehr gelernt als in allen übrigen 19 Jahren meines Lebens zusammen.«

»Maud, nein. Du weißt nicht, was du tust. Du gehst zurück nach Amerika und heiratest Clark Perry. Wie soll ich es dir sagen? Wie soll ich dir klarmachen, dass man sich nicht freiwillig den Kopf blutig stößt.«

Ich sah, er wollte mich nicht. Ich war sehr klug in diesem Moment, ich sagte nichts mehr und ich rannte auch nicht raus.

Ich dachte, das ist eine Frage der Zeit, und ich wollte auf alle Fälle bei Merton bleiben. Er hatte mich reich gemacht. Mir fielen die Verse aus meiner Kindheit ein: Arm ist nur, wer arm im Geiste ist. Ich war sehr reich gewesen, und ich hatte immerzu neue Wünsche und neue Kleider und Autos und ich war nur eine leere Schale, aber seit ich Merton mit Reinhold hatte sprechen hören, da wusste ich, wodurch Menschen leiden und glücklich sind, und es sind nicht Autos und Häuser. Ich war ein Mensch durch Merton geworden. Man kann nicht zurück. Vor einem halben Jahr wäre ich noch mit Clark Perry glücklich gewesen. Aber jetzt war es zu spät.

20. Kapitel

Jenseits der Elbe, also eine halbe Autostunde von Berlin, begann eine völlig andre Welt. Es waren 20 Millionen deutsche Bücher in Russland vorbereitet worden, keineswegs Parteiliteratur, alle deutschen Klassiker kamen von drüben in neuen Auflagen, da ja die deutschen Bücher vernichtet waren, es kam glänzende Fachliteratur, unendliche Bücher über Sowjetrussland und gar keine über alle andern Länder, außer *Gullivers Reisen* und *Robinson Crusoe*.

Es war nicht möglich, über den Fluss zu gelangen.

Eines Nachmittags fuhren Merton und ich hin, es war flaches Land, Schilf wuchs am Ufer, ein paar Bäume standen da und kümmerliches Gras wuchs. Es war eine merkwürdige Atmosphäre. Man hörte rudern, platsch, platsch, sonst war es ganz still, am Ufer stand plötzlich neben uns ein Mann im nassen Anzug. Er kam von drüben. Ich erschrak. Aber der Mann erschrak offenbar noch mehr. Merton sagte auf deutsch: »Erschrecken Sie nicht, wir sind Freunde. Sie sind frei.«

Der Mann fing an hysterisch zu lachen: »Frei?«, sagte er. »Wirklich frei?«

Genau so plötzlich stand ein Fährmann neben uns.

Er war barfuß, hatte ein offenes Hemd an und eine Stange: »Will der Herr nach drüben?«

»Charon«, sagte Merton, »er bringt uns über den Styx in ein neues Leben, oder in einen neuen Tod?«

Das war der Merton, den ich liebte, und ich wusste, dass dies der Grund ist, warum die Welt weiter geht, weil die Frauen die Mertons lieben, sie ziehen die hässlichen Mertons vor, denn die Frauen, wenn sie nicht völlig verdorben sind, ziehen die Guten und Klugen den Dummen und Schlechten vor. Ich liebte Merton und ich war bereit alles zu tun, was er wollte. Wollte er Charon nehmen und mit ihm über den Strom des Vergessens fahren zu Proserpina, die in einem Schloss von Eis wohnt in einsamen Steppen, ich ging mit.

Der Fährmann kam näher und war ein Berliner Cockney, er hatte einen kleinen Wagen, von dem er Bier und Selters verkaufte und kleine Kuchenstücke. »Wollen Sie nach drüben? Kost Sie tausend Mark, denn sehen Sie, manchmal schießen sie von drüben und das muss ich doch einkalkulieren, kann ich doch womöglich tot gehen.«

»Fahren Sie viele rüber?«

»Die meisten schwimmen.«

»Wieviele schwimmen denn?«

»Na, so zehne, jeden Tag.«

»Und wieviele kommen von drüben?«

»Auch so zehne, hält sich die Waage.«

»Treffen sich hier?«

»Nein, reden nicht zusammen. Der Mensch will doch nischt zulernen. Der Mensch ist nicht zu überzeugen. Sehen Sie, da geht gerade wieder einer ins Wasser.«

»Hallo«, rief Merton.

Der Mann kam näher. »Sie wollen nach drüben?«

»Ja«, sagte der Mann, »ich will endlich wieder in Ordnung kommen. Die wissen in Russland, was sie wollen, und wenn man mal dazu gehört, denn gehört man dazu. Hier ist doch 'n Schweinestall. Nichts klappt. Wenn ich schon meine Ehre als Deutscher verloren habe, so will ich doch zu was da sein. Wie die Angelsachsen sich das denken, Reue und Buße? Wieso denn? Was habe ich denn zu bereuen? Ich habe genauso meine Pflicht getan wie alle andern. Ich habe mein Vaterland verteidigt. Was wollen sie, diese Schweine? Reue und Buße, ausgedrückt in Dollars. Ich habe genug. Sie sind nur für die Starken, genau wie der feine Herr Hitler, sobald einer schwach ist, trampeln sie auf ihm rum. Es ist nur ein Volk in der Welt, das für die Schwachen da ist, das ist Russland. Russland ist das Vaterland des Proletariers. Ich gehe nach Russland, da weiß ich wenigstens, was mich erwartet. Arbeit nämlich und Brot. Die Schnauze darf ich hier nicht und da nicht aufmachen. Leben Sie wohl, Herr.«

Er sprang ins Wasser und schwamm.

Merton saß auf einem Baumstumpf. Er hatte sein Hemd offen und rauchte stumm seine Pfeife.

»Soll ich Sie nach drüben rudern?«, sagte Charon,

»mit das Fräulein? Drüben fragt keiner.« Wir waren eine Weile weiter stumm.

»Ich warte eigentlich auf einen von den Alliierten, der kommt seit drei Tagen«, sagte Charon, »aber er kann sich dann doch nicht entschließen. Hat keen Mumm in den Knochen.«

»Groß, schlank und schwarz?«, fragte ich.

»Ja, und immer mit 'nem Shawl um den Hals.«

»Dolgelly«, sagte ich.

»Wahrscheinlich«, sagte Merton.

Wir warteten auf Schwimmer.

Charon setzte sich zu uns: »Flasche Bier gefällig?«

»Geben Sie man her«, sagte Merton.

»Schwimmen überall so«, sagte der Mann, »seit 1914. Ich bin über viele Kanäle geschwommen im Sommer 1919 aus französischer Gefangenschaft, da haben sie uns zurückbehalten, weil sie damals auch glaubten, das nützt ihnen, haben nur Hass gesät.«

»Na, und die Deutschen?«

»Das Schwein, der Hitler hat uns doch reingelegt. Was weiß denn unsereiner? Was versteht denn unsereiner? Ist doch alles Quatsch mit dem Wahlrecht!«

»Ihnen liegt nichts am Wahlrecht?«

»Als ich jung war, Herr, war ich Sozialdemokrat und habe gegen das Dreiklassenwahlrecht demonstriert. Sonntags bin ich mit 'nem Plakat rumgelaufen: ›Schluss mit dem Dreiklassenwahlrecht!‹ Ich denke jetzt oft: Na und? War doch Unsinn. Warum bin ich da mit geloofen? Weil unsre Bonzen das so wollten. Waren anständige Leute, haben es gut gemeint. Aber wenn ich jetzt so denke: Wozu das Alles? Damals hat keiner schwimmen brauchen. Man konnte in eine Eisenbahn steigen und von Land zu Land fahren, und wenn man zwei gute Hände hatte, konnte man überall arbeiten. Schlecht bezahlt und zu lang, aber Arbeit. Seit einem Vierteljahrhundert geht das mit der Schwimmerei. Ich habe mir das viele Jahre angesehen. Erst sind die Griechen geschwommen wegen der Türken. Und jahrelang sind sie über den Dnister geschwommen, aus Russland raus und nach Russland rein. Dann hat das Schwimmen von den Juden angefangen. Die sind über die Donau geschwommen, über den Rhein, Gott weiß wo. Habe ich mir gesagt, gibt doch sicher auch Nichtschwimmer, habe ich mir ein Boot gekauft, son Faltboot hat genügt, und habe die Leute übern Bodensee gerudert. Die Quere natürlich, habe ich jahrelang gut verdient und satt gegessen habe ich mich in der Schweiz, habe ich keine Karten gebraucht. Aber dann ist es mir brenzlig geworden und ich bin an die Ostsee gegangen, habe ich einen Dienst nach Schweden eingerichtet. Ich habe immer gedacht, nach dem Krieg wird das Aufhören mit der Schwimmerei, und ich wollte schon chauffieren lernen für Taxi in Berlin, dabei wird mehr geschwommen denn je. Ich hatte gehofft, sie würden zu Verstand kommen. Sind aber nicht. Mir soll's recht sein. Obzwar die Elbe ist nicht sehr einträglich. Wie gesagt, die meisten schwimmen selber, habe ich mir son kleinen Handel mit Bier und Limonade nebenher eingerichtet.«

Da kam Dolgelly.

»Wollen Sie auch rüber?«, sagte Charon, als ob es das Selbstverständlichste von der Welt wäre, dass wir »rüber« gehen.

»Ich möchte«, sagte Dolgelly, »aber ich fürchte, ich wechsle nur die Fehler«, und er setzte sich ebenfalls auf einen Baumstumpf. Es war still und traurig. Die Landschaft war ganz flach und man hatte das schreckliche Gefühl, dass dies immer so weiter ging, ein Viertel der Weltkugel. Dies waren Getreidefelder abwechselnd mit Rübenfeldern, und Landstraßen mit endlosen Telegraphenstangen. Auf unsrer Seite waren ein paar Häuschen, eine Art von Hütten mit einem Garten, der aus Gras bestand, einer Hundehütte und einem Hühnerstall und Stacheldraht herum. Im Hintergrund sah man Schornsteine, die nicht rauchten, und Ruinen.

»Es ist alles Unsinn«, sagte Dolgelly, »wir haben 70 nationalistische Abgeordnete im Parlament, welsche, schottische und nordirische, die Geschichte fängt wieder von vorne an. ›Men‹, zitiert Eliot irgendwo, ›have lived by spiritual institutions of some kind in every society, and also by political institutions, and, indubitably, by economic activities. They have, at different time periods, tended to put their trust mainly in one of the three as the real cement of society, but at no time have they wholly excluded the others because it is impossible to do so.‹ It is impossible, we are sick unto death. Aber wir leugnen es. Die dort drüben haben angefangen, nur noch economic activities zu kennen, und haben alles andre zum ideologischen Überbau erklärt und wir versuchten diese Ideen zu bekämpfen, indem wir die economic activities ebenfalls als den wesentlichen Zement der Gesellschaft erklärten.«

In der Dämmerung kam ein Mann, barfuß, im Frack ohne Hemd.

»Gehen die Herren nach drüben? Oder kommen Sie? Do you need sound investments, first class debentures? Tramways in Falaise? Warehouse society Hamburg? Wird alles sehr bald viel wert sein.«

»Das ist ein verrückter Jude«, flüsterte der Fährmann, »geben Sie ihm was.«

Merton langte in die Tasche und sagte: »Darf ich Sie zu einem Glase Bier einladen?«

»Ja gern, danke sehr«, und er setzte sich auf die Erde.

»Denken Sie nicht, das ist Unsinn. Ich habe die Stücke bei mir. Zahlen auch bald wieder Dividende.«

»Warum tragen Sie denn einen Frack?«, sagte Merton.

»Bei den Wohlfahrtsstellen kriegt man lauter Fräcke. Muss auch einer tragen. Ist doch schöner Stoff.«

»Wo wohnen Sie denn?«

»Hier«, sagte er und zeigte auf einen zertrümmerten Tank. »Ich war ein großer Mann, ich hatte 7000 Filialen und 100 000 000 Mark und 5000 Angestellte und vieles Gesinde und drei Töchter und vier Söhne. Und eines Tages, als alle meine Kinder zusammen bei meinem ältesten Sohn zum Abendbrot waren, da kam ein Bote und sprach: ›In allen Filialen arbeiteten wir gerade mit den Hauptbüchern, als die SA in alle Filialen zugleich kam und alles beschlagnahmte. Ich allein bin entronnen, heimlich, ums dir anzusagen.‹ Dieser redete noch als schon ein zweiter kam und sprach: ›Es kamen die Häscher und sie packten die jungen Leute und brachten sie fort und sie sind alle erschlagen worden.‹ Während dieser noch redete, kam ein Dritter und sprach: ›Mache dich auf, schon sind die Häscher hinter dir und fliehe.‹ Da stand ich auf, zerriss mein Kleid und fiel zur Erde nieder und betete und sprach: ›Komm Grete, nackt bin ich vom Mutterleibe gekommen und nackt werde ich wieder dahinfahren. Der Herr hat es gegeben, der Herr hat es genommen, der Name des Herrn sei gelobt!‹ Und ich floh in die Tschechoslowakei und sie sagten mir, ich dürfte nicht bleiben, aber ich wusste nicht, wohin gehen, denn alle Länder waren mit Blindheit geschlagen und sie fürchteten sich sehr. Und ich sagte, das wird Gott nicht zulassen, und wirklich, ich konnte bleiben, bis der Hitler auch dorthin kam, und da half mir Gott und ich kam nach Polen, und da wanderte ich vierzig Tage und vierzig Nächte, und meine Frau starb und ich begrub sie am Wege, und ich wanderte immer weiter, jahrelang, bis ich in die Schlacht kam und diesen Tank fand, in dem ich mich verbarg. Die Schlacht verzog sich und sie begruben ihre Toten. Als alles ruhig geworden war, zog ich den Tank bis hierher, ein Stückchen weiter unten, müssen Sie wissen, da nach Sachsen zu, bin ich nämlich geboren. Und seitdem lebe ich hier im Tank. Aber ich weiß, wie der

Mensch ist, würde ich ihm meine Blöße zeigen und sagen: ›Siehe, ich bin nackt und bloß, gib mir ein Hemd‹, er würde sagen: ›Geh zu der Ameise und lerne‹, aber wenn ich zu ihm gehe und sage: ›Hier, gib mir Geld für Aktien, du wirst mehr Geld davon haben‹, dann gibt er mir, denn die Hoffnung, dass zerstörte Häuser Geld bringen, ist größer als die Hoffnung auf Gott.«

Wir saßen ganz still. Plötzlich sagte Merton: »Das Gute wie das Böse kommt aus Gottes Hand. Amen.«

Aber da war der Mann im Frack verschwunden.

21. Kapitel

Ich schreibe dies in New York. Ich habe Clark Perry geheiratet. Ich bin ganz glücklich mit ihm. Ich konnte nicht über meinen Schatten springen, niemand kann es. Alle sind entzückt von mir. Ich habe weder mich noch irgend sonst jemanden in einen Konflikt gebracht. Wir haben das modernste Flat in New York. Es hat nur künstliche Fenster, da es völlig air conditioned ist, von diesem Flat aus gesehen sieht es so aus, als ob alles in Ordnung ist, wenn nur alle Knöpfe funktionieren. Ich habe Sommer und Winter die selbe angenehme Temperatur. Es gibt keinen Schmutz in der Wohnung. Das Essen kommt täglich fertig von einem erstklassigen Restaurant. Wir spielen viel Bridge. Wir lesen nur über Amerika. Die Zeitungen schweigen prinzipiell über Europa und Asien. Unser Buchtrust bringt weiter nur noch Bücher heraus, die mindestens von 1 000 000 Menschen gelesen werden. Man kann keine Bücher bekommen, die älter als ein Jahr sind. Wir korrespondieren alle prinzipiell nicht mehr mit Europäern und so weiß ich nicht, was aus all den Leuten geworden ist, die ich in Europa kennen lernte.

Merton ist lay preacher geworden. Ich sah ihn neulich an einer Ecke stehen und sprechen. Er sah ganz verkommen aus. Nur drei Leute hörten ihm zu: der eine war bucklig, der andre war blind, der dritte war lahm. Ich wäre gern stehen geblieben, aber ich traute mich nicht, hätte mich doch einer sehen können.

Die Engländer sind endgültig erledigt, sagt Clark. Doch schade.

Nicole Henneberg

Reise in ein fremdes, wüstes Land

In einem Feuilleton für den neugegründeten *Berliner Tagesspiegel* schrieb Gabriele Tergit 1947 unter dem Titel »Fahrt ins Dunkle«: »Wenn aber einer von England wegfährt, dann rüstet er sich wie zu einer Forschungsreise aus. Er darf fünfzehn Pfund Lebensmittel mitnehmen. Er darf, aber kann er auch? Er zieht sich dick an, und so fährt er in das Land, das tausend Jahre lang das Herz Europas war, Vorkämpfer gegen Hunnen und Türken, bis es sich im Dreißigjährigen Krieg selbst zerstörte. In das Land, das zwischen 1924 und 1932 das Land der interessantesten Literatur, des besten Kunstgewerbes war, blühend wie kaum ein anderes, bis es einem Wahnsinnigen unter großem Jubel die Mittel in die Hand gab, es zum zweiten Male zu zerstören. Werden alle Forschungsreisenden der Welt zusammen das Rätsel dieses dunklen Erdteils, das man die deutsche Mentalität nennt, ergründen können?«

Als sich Gabriele Tergit 1948 erstmals die Möglichkeit bot, mit ihrem neuen britischen Pass nach Berlin zu reisen, ergriff sie diese sofort. Die Reiseerlaubnis zu erhalten, war nicht leicht gewesen. »You are trading with the enemy«, erklärte ihr der zuständige Offizier in London verärgert, doch sie kannte einen Helden der Air Force aus der Battle of Britain, der ihr die nötigen Kontakte und Papiere verschaffte. Ihr Mann Heinz Reifenberg zögerte »nicht einen Moment, unser bisschen Geld für diese Flugreise anzugreifen«, schreibt sie dankbar in ihren Erinnerungen *Etwas Seltenes überhaupt.*

Anders als Maud, die Hauptfigur der Geschichte, reiste sie mit kleinem Gepäck: »Ich fuhr mit einem Koffer voll Lebensmitteln, dem 700-Seiten Roman, einem Sommerkleid mit Mantel, zwei Blusen, gekleidet in einen grauen Rock und eine schwarze Jacke, die aus einem Anzug von Knize (London, Paris, Berlin) geschneidert worden war, den mir ein Freund meiner Eltern 1941 in London vererbt hatte.«

Viele Eindrücke ihrer ersten beiden Reisen nach Deutschland 1948 und 1949, die Tergit in ihren zwanzig Jahre später begonnenen Erinnerungen schildert, tauchen hier schon auf – wie in allen ihren Texten arbeitet die Autorin überwiegend mit autobiografischem Material. Auch etliche der geschilderten Gespräche hat sie selbst geführt, so das mit einem Chauffeur, das sie im Roman dem Journalisten Merton zuschreibt. Tergit sprach 1948 mit einem Taxichauffeur in Berlin. »Sehen Sie, da sind wir wieder bei der großen Frage, die keiner beantworten kann. Wer war denn schuld an diesem Krieg?«, fragt sie der Mann wütend.

Aber auch für Tergit, die ihr ganzes Leben lang eine begeisterte Berlinerin blieb und sich zu allen Zeiten zu ihrer Stadt bekannte – im Gegensatz zum Wirtschafts-wunder-Deutschland, dem sie zutiefst misstraute –, war dieses Deutschland jetzt ein unheimliches Land geworden. Der Hintergrund, vor dem diese Geschichte entstand, war sicher zum großen Teil das Erstaunen und Entsetzen über diese zerstörte, elende und gesetz-lose Stadt, samt ihren arroganten Bewohnern. »Seit die Deutschen wieder zu essen haben, fühlen sie sich wieder obenauf. ›Frankreich ist ein sterbendes Land‹, konstatieren sie mit Vergnügen. Dass sie nicht das schwerstgeprüfte Volk auf der Welt sind, geht nicht in ihren Kopf. Die Weltgeschichte beginnt im Mai 45 für sie. Was die Nazis getan haben, geht sie einfach nichts an«, schrieb sie im November 1949 an ihren Journalis-tenkollegen Manfred Geis.

Doch wenigstens auf ihre alten Freunde war Verlass. Anfangs wohnte sie während ihrer Besuche bei Freun-den in Dahlem, später immer in deren Pension Banck. Ihre Freunde von früher, stellte sie erfreut fest, waren so klug, integer und fürsorglich wie eh und je. Sogar in der Stadt schien ihr alles so, wie sie es noch kannte: »Nichts hat sich geändert. Die Stadt ist ein Trümmer-haufen, aber sonst hat sich nichts geändert. Es ist alles genauso falsch und genauso begabt wie immer. Die Intellektuellen machen weiter gute Musik, gutes Thea-

ter, vorzügliche Filme, was sie bauen machen sie entzückend. Die Männer sprechen die Mädchen an. Es
gibt die Hamsterer und den Schleichhandel, der jetzt
schwarzer Markt heisst, und die einen tragen wunderbare Gewänder, und die anderen haben keine Schuhe.
Und man sieht viel Schmuck, und mir gegenüber sitzt
eine Arbeiterin mit einer Eidechsenhandtasche, die den
Arbeitslohn eines Monats in Frankreich gekostet hat
und ich nehme an, sie wurde dort gestohlen. Das ist
die Sache, die völlig vergessen ist in Berlin und auch,
dass andere Städte gebombt wurden, vorher als Berlin
und zwar von den Deutschen.« Dieser unveröffent-
lichte Text heißt »Berliner Impressionen«, er entstand
in London wenige Jahre nach dem Krieg. Er benennt
eines der Hauptkriterien ihres Heimatgefühls: das tiefe
Verständnis für die Menschen und Verhältnisse, die
Architektur und Kunst in diesem Land.

Tergits Situation im Exil war Anfang der 1950er-
Jahre, als dieser kleine Roman um Mauds Fahrt mit
dem *Ersten Zug nach Berlin* entstand, schwierig. Aus
Palästina, wo die Familie von 1933 bis 1938 lebte, waren
sie geflohen, zuerst aus gesundheitlichen Gründen: Ihr
Mann hatte sich mit Kinderlähmung infiziert, auch sie
selbst und ihr fünfjähriger Sohn wurden schwer krank.
Dazu kam, wie sie in einer etwas später entstandenen
biografischen Skizze anmerkt, »dass ich die ganze politische Richtung, die sich in Palästina anbahnte, für
lebensgefährlich hielt, womit ich ja leider recht behalten habe. Wir brachen Frühjahr 1938 unsere Zelte ab

und liessen alle unsere Sachen dort und gingen als Touristen nach England. Wir lebten von einer winzigen Rente, als die Katastrophe des Novembers eintrat. Wir brachten Schwester und Schwager meines Mannes, meine Schwiegermutter raus und meine Eltern kamen im letzten Moment vor Kriegsausbruch. Niemand in Europa kam ja in diesem Jahr zum Atmen und wir sassen in England ohne Aufenthalts- und Arbeitsgenehmigung etc. Augenblicklich geht es uns ganz gut. Mein Mann arbeitet in einer Baufirma, der Junge hat eine scholarship nach der anderen und wir haben jetzt ein Haus hier, wo wir wohnen. Ich mache zwar immer noch alles ohne Hilfe, aber es ist doch bedeutend leichter.«

Das erworbene, zweigeschossige Haus in der Upper Richmond Road 115 im Stadtteil Putney bezogen die Reifenbergs im April 1946. Es lag zwar in der Einflugschneise des Flughafens Heathrow, doch die obere Etage ließ sich gut vermieten, und der große Garten versorgte die Familie mit Obst und Gemüse. Die Berlinerin Tergit wurde so, zuerst zwangsweise, später begeistert, zur Gärtnerin – sie nennt es leicht ironisch ihre »englische Assimilation«.

Schon zuvor, in den vielen möblierten Londoner Zimmern, in denen die Familie unterkam, hatte sie die Arbeit am Roman *Effingers* wiederaufgenommen, dessen umfangreiches Manuskript sie bei ihrem ersten Berlin-Besuch im Gepäck hatte. Er war vorerst nicht unterzubringen, Papierknappheit spielte eine Rolle, aber es gab auch Abwehr gegen das Thema vom Aufstieg einer begabten jüdischen Familie und Misstrauen einer Emigrantin gegenüber – vom Schuldgefühl gegenüber einer vertriebenen Jüdin ganz zu schweigen. Als der Roman nach jahrelanger, zermürbender Verlagssuche und einem ersten Vertragsbruch von Springer endlich 1951 bei Hammerich und Lesser, einer Springer-Tochter, erschien, kommentierte der Lektor Voss des Springer Verlages: »Bin ja neugierig, wie das antisemitische deutsche Volk dieses Buch aufnimmt.« In einem Brief an ihre Schriftstellerkollegin Ilse Langner fügt Tergit hinzu: »Es hat es gar nicht aufgenommen, glaube 2000 verkauft. (…) Alles fing erst 1977 an!!!« Damit spielte sie auf ihre Wiederentdeckung bei den Berliner Festwochen im Jahr 1977 an, die ihr eine neue Generation interessierter Leserinnen und Leser erschloss.

Wahrscheinlich in den Jahren nach dem Erscheinen der *Effingers* und vor ihrer Arbeit an dem kulturgeschichtlichen Sachbuch *Das Büchlein vom Bett* entstand der kleine Roman *Der erste Zug nach Berlin*, den Tergit in ihrer Korrespondenz meines Wissens nirgends erwähnt. Aber sie verwendete Rückseiten ausgemusterter Typoskriptseiten für zwei Briefe. Der erste davon war an Mr. Bondi gerichtet und datiert vom 2. Juli 1953. Das legt die Vermutung nahe, dass der Text in ihren Augen vorerst abgeschlossen war, sonst hätte sie die Seiten sicher aufbewahrt.

In Tergits umfangreichem Nachlass im Deutschen

Literaturarchiv in Marbach enthält die entsprechende Mappe zwei Typoskripte: eines von 149 Blatt, Kap. 1–13, ohne Datum und ohne Titel. Es beginnt: »1, 1. Kapitel. / Ich muss sagen, es war ein reiner Zufall, dass ich nach Deutschland kam.« Und ein wesentlich kürzeres zweites Typoskript: 69 Blatt, ohne Datum, 1.–13. Kapitel, beginnt: »1, First Train to Berlin«, es ist auf Englisch abgefasst. Jens Brüning vermutet im Nachwort zu seiner Ausgabe (Das Neue Berlin Verlagsgesellschaft, Berlin 2000) zu Recht, die englische Fassung könnte durch Tergits Agenten Kurt Maschler in London angeboten worden sein. 1955 schreibt dieser ihr, leider habe Faber & Faber das Manuskript zurückgegeben, und er rät, »erst einmal das deutsche Manuskript richtig durchzuarbeiten und dann einen deutschen Verlag dafür zu finden«. Nach den Schrecken mit der Verlagssuche für die *Effingers* tat Tergit das aber nicht, sie verlegte sich in den nächsten Jahren auf Sachbücher, die sehr erfolgreich waren. *Kaiserkron und Päonien rot. Kleine Kulturgeschichte der Blumen* erschien 1958 bei Kiepenheuer & Witsch, es wurde ein großer Verkaufserfolg und in etliche Sprachen übersetzt, darunter auch ins Englische – ihr erstes englisches Buch nach zwanzig Jahren.

Trotzdem litt sie darunter, als literarische Autorin keine Rolle zu spielen. Vor allem in Deutschland interessierte sich in den 1950er-Jahren kaum jemand für sie. Der Schmerz darüber ist aus dem mitunter bitteren Ton des Romans herauszulesen, verstärkt natürlich durch die Erinnerungen an ihre ersten Berlin-Besuche und die vielen Informationen, die ihr Berliner Freunde zukommen ließen. Durch Gespräche und zahllose Postsendungen mit Zeitungsausschnitten war Tergit sehr gut informiert, eines ihrer Feuilletons vom Juni 1948 heißt denn auch »Kalte Umschläge aus Deutschland«. Sie hatte es für *Die Neue Zeitung* geschrieben, eine Zeitung der US-amerikanischen Information Control Division, die seit Kriegsende in Berlin und München erschien. Schon durch ihre Mitarbeit an dieser Zeitung und die häufigen Gespräche mit dem zeitweiligen Chefredakteur Enno Hobbing, einem US-Amerikaner mit deutschem Familienhintergrund, der ihre Arbeit sehr schätzte, hätte Tergit genug Anschauungsmaterial für ihre Zeitungsgeschichte im besetzten Berlin gehabt. Diese Zeitung entwickelte sich schnell zur wichtigsten deutschen Nachkriegszeitung mit riesiger Auflage. Schriftsteller und Intellektuelle von Alfred Andersch über Bertolt Brecht bis zu Heinrich und Thomas Mann, Eugen Kogon und Carl Zuckmayer diskutierten dort über politische Ethik, die zu schaffende Demokratie und den beschwerlichen Nachkriegs-Alltag. Es ging zu »wie bei der Erschaffung der Welt«, meinte Erich Kästner, der zeitweilige Feuilletonchef. Doch nach Hobbings Weggang im Frühjahr 1951 erhielt Tergit leider keine Aufträge mehr.

In ihren Erinnerungen beschreibt sie sehr anschaulich den Chor der widersprüchlichen und verstörten Stimmen in Deutschland. »Wenn das deutsche Volk ganz einig wäre, dann könnten die gar nichts machen. Man müsste den Engländern sagen, dann gehen wir eben mit den Russen und dem Russen mit den Engländern drohen«, erklärt ein Herr in Hamburg 1948. Und ein Jahr später, während des Veit Harlan-Prozesses in Hamburg, über den sie für die *Neue Zeitung* berichtete, spürte sie die Verachtung der Deutschen für Journalisten, selbst wenn diese keine refugees waren. »Ich war nicht klug genug, um mich in diesem Gestrüpp von Fragen zurechtzufinden«, klagte sie später in ihren Erinnerungen – den Dauerzustand der Verwirrung, der Tergit bei ihren ersten Berlin-Besuchen erfasst hatte, leiht sie ihrer Hauptfigur Maud.

Erzählte Zeit ist wahrscheinlich der Frühsommer 1949, auf jeden Fall noch vor der Gründung der DDR im Oktober, denn beim Besuch von Maud und Merton an der Elbe wird deutlich, dass von einem zweiten deutschen Staat noch nicht die Rede ist, nur von abgetrennten und russisch besetzten Gebieten.

Die bildschöne und luxusverwöhnte Maud weiß nichts von Deutschland, kaum etwas von Europa. Sie ist unerfahren und sehr naiv, eine geschickt gewählte, offene Perspektive, die viel Raum für Ironie und schwarzen Humor lässt. Schon die Anfangsszene, als Maud in großer Chanel-Robe ins Flugzeug steigt, begeistert angefeuert von ihrer Clique, ist höchst komisch und scheint dem tatsächlichen Reiseziel, einem kriegszerstörten, in jeder Hinsicht schwierigen, chaotischen und auch gefährlichen Land, ganz und gar nicht zu entsprechen. Aber Maud ist nicht nur naiv, sondern auch abenteuerlustig und fest entschlossen, ihre Augen weit aufzureißen und alles mitzumachen, auch wenn sie die Verhältnisse um sie herum nicht versteht und die Gespräche noch viel weniger. So wird sie, wie Christopher Isherwood im Roman *Leb wohl, Berlin* (1939) seine Erzählhaltung charakterisierte, eine »Kamera mit weit geöffneter Blende, passiv aufzeichnend, nicht denkend«. Das ist natürlich der ideale Ausgangspunkt, um alles ohne Unterschied aufzunehmen und zu schildern, jedes Detail, jede kleine Bemerkung, ohne zu werten oder zu zensieren. Was so entsteht, ist eine Szenenfolge, die auf dem schmalen Grat zwischen Satire und Tragik balanciert, eine Abfolge von Momentaufnahmen und Gesprächsskizzen, die Aufschluss geben sollen über ein zerrüttetes und zerrissenes Land, das um seine Identität ringt. Die offensichtliche Verstörung der Beobachter aus der zivilisierten Welt schafft eine zusätzliche Fallhöhe. Anfangs sind diese noch gut gepanzert durch ihre Ressentiments und Vorurteile, die sie wie Pingpongbälle durchs Zugabteil pfeffern – über die ungleiche Verteilung der Nazis in Deutschland und eine mögliche Massenevakuierung etwa, auch bei Millionen heutzutage leicht zu lösen, die Sterbequote betrüge nur 5 Prozent. Oder den bornierten, neuaufkommenden Nationalismus, der jede Assimilation verdammt und in einer bösen Black People-Satire gipfelt: »Unsere Frauen ziehen sich elegant, allzu elegant an. Sie tun so, als ob ihnen der Grasrock nicht genügt. Ich möchte nach Hause zu meinem eigenen Blut und meinem eigenen Boden«, verkündet ein Abraham Lincoln (!) im Zug nach Berlin, Führer der »Color-Conscious Negroes«. Der Dialog wird halb englisch, halb deutsch geführt, ein spezielles Stilmittel dieser Geschichte. Ein Vertreter Palästinas pflichtet ihm bei und verurteilt die jüdische Assimilation, »sie haben ihr Judentum verleugnet, eine Schande so etwas«. Ein böser Seitenhieb Tergits, die den Zionismus leidenschaftlich ablehnte und ihn neben die borniertesten Blut- und Boden-Theorien stellte.

Die britisch-amerikanische Militärmission, die einen Zustandsbericht liefern und in Berlin eine Zeitung gründen soll, könnte kurioser nicht sein: Lord Dolgelly, ein afroamerikanischer Lord wider Willen, der meist schweigend an seiner kalten Pfeife nuckelt und oft etwas dümmlich wirkt, und der mondäne Lord Hawks, ebenso schweigsam, der erst durch sein Bekenntnis, ein »geadelter Suppenkrämer« und neureicher Aufsteiger zu sein, enorm an Würde gewinnt. Doch immer deutlicher fahren die Lords ihre Krallen aus, denn die alten Nazis um sie herum sind unverschämt und lügen mit jedem Satz. »Wofür haben wir gekämpft?«, fragt Dolgelly schließlich empört.

Für Maud werden die drei Monate Berlin zu einer harten Schule des Lebens, in der sie mehr lernt, als in den neunzehn Jahren zuvor, und sie zahlt bitteres Lehrgeld für ihre Leichtgläubigkeit. In einer der schönsten und zugleich entlarvendsten Szenen, einer prächtigen

Abendeinladung bei der Gräfin Wandsdorff, verliebt sie sich, betäubt von der wuchtigen deutschen Hochkultur, die hier effekthascherisch aufgeboten wird – Goethe natürlich und Schubert –, in einen Edelnazi, der mit seiner Arroganz und seinem ideologischen Pathos wie ein Vorläufer von Friedrich Wilhelm von Rumke aus Tergits späterem Roman *So war's eben* wirkt. Dass die ganze Kunstsammlung der Gräfin in Berlin einer jüdischen Kunsthandlung gestohlen wurde und ihre antike Einrichtung aus einem enteigneten polnischen Schloss stammt, wie Merton aus einem anonymen Brief erfährt, rundet das Bild ab.

Dieser Merton, ein bekannter amerikanischer Journalist, den Maud anfangs herablassend als »rather vulgar brand of the middle west, log cabin and self made and all that« charakterisiert und der immer mehr zur Lichtgestalt des Romans wird, nimmt sie mit ins Zeitungsarchiv. Und hier stürzt die harte Wahrheit, dass es nur sehr wenige ganz unschuldige Deutsche gibt, aus jeder alten Ausgabe. Merton findet genau einen, den Journalisten Reinhold, der im KZ schwer gefoltert wurde und der vor seinen Augen stirbt.

Eine typische Tergit-Geschichte also, die in manchem an ihren 1931 im Ernst Rowohlt Verlag in Berlin erschienenen Roman *Käsebier erobert den Kurfürstendamm* erinnert. Denn in einer Zeitung, das war ein Credo von ihr, findet man die Wahrheit. Dieser Überzeugung war sie schon als Anfängerin, es war einer der Gründe, warum sie überhaupt Journalistin werden wollte und warum es ihr so wichtig war, zum *Berliner Tageblatt* wechseln zu können. Über den Stammtisch ihrer Redaktion im Lokal Capri in der Anhaltstraße schreibt sie in ihren Erinnerungen: »Wir kamen aus allen politischen Lagern. Wir hatten alle nur einen Fachehrgeiz, wir wollten die Wahrheit sagen über irgendeine Ecke des Lebens, des Staates.« Die Summe dieser Arbeit war das täglich zweimal erscheinende *Berliner Tageblatt*, das eine Auflage von 230 000 Exemplaren erreichte, an Wochenenden oft mehr. Die Resonanz und das Gewicht seiner journalistischen Stimmen waren enorm, und der liberale Geist des Blattes klang in jedem Artikel an. Diese Zeitung wollte aufklären und erziehen, sie wollte den Bürgern ihre Republik erklären und ihnen die Ergebnisse der neuesten Wissenschaft, der Psychoanalyse und der medizinischen Forschung vorstellen in der erklärten Hoffnung, auch die verantwortlichen Politiker zu erreichen. Ein großer Anspruch, den das *Berliner Tageblatt* bis 1933 glänzend einlöste – seinen klugen Chefredakteur Theodor Wolff fragten Reichskanzler um Rat. Liest man die historischen Ausgaben heute, gewinnt man ein genaues und umfassendes Bild der Weimarer Zeit – vom Leitartikel bis zur Heiratsannonce, von der Lebensmittelwerbung bis zu Anzeigen der Hygiene- und Esoterikkongresse. Wenn Tergit also unmittelbar nach dem Krieg eine Militärmission nach Berlin schickt, um eine Zeitung zu gründen, bürdet sie ihr eine große Aufgabe auf. Auch die Alliierten setzten auf Zeitungen, um die Deutschen umzuerziehen, um ihnen den Hochmut und den Rassismus auszutreiben, der ihnen zwölf Jahre »eingeträufelt worden war und sie offenbar derart beseelte, dass keine noch so grausame Flächenbombardierung sie zum Aufgeben brachte«, schreibt der ehemalige Feuilleton-Chef der *Berliner Zeitung* Harald Jähner in seiner Mentalitätsgeschichte *Wolfszeit* (2019). Tergit verlangt von ihren Zeitungsleuten noch etwas mehr: die historische Wahrheit aufzudecken nämlich. Dafür schien ihr Berlin ein idealer, symbolischer Schauplatz, war es doch in ihren Augen die Stadt, die »tagaus, tagein die Kämpfer aus jener Schlacht [aufnahm], in der am meisten gelitten und gestorben wurde, aus der Schlacht um die Freiheit«.

Teile der Dialoge werden auf Englisch geführt, ein von der Autorin sehr bewusst eingesetztes Stilmittel; manche deutsche Sätze hat sie sogar handschriftlich gestrichen und die englische Version eingefügt. An solchen Stellen wird deutlich, dass es ihr um ein Aufbrechen der Sprache geht, um eine Verfremdung. Die Lords, Merton und Maud sollen ganz deutlich als Fremde und Außenstehende erscheinen, die sich mühsam Zugang zu diesem Land verschaffen, dessen Sprache, nicht nur im Wortsinn, sondern in allen Facetten, ihnen fremd ist und dessen Zeichen sie nicht lesen können. »Bei einem Amerikaner weiß ich gleich, wo ich ihn hintun soll«, denkt Maud, doch einen Deutschen zu durchschauen ist ihr kaum möglich. Alle Hauptfiguren sprechen zwar gut Deutsch, doch in entscheidenden Momenten wechseln sie ins Englische, eine sehr realistische Erzählweise, genauso realistisch wie das Einflechten einzelner englischer Wörter in einen deutschen Satz.

Es entsteht so beim Lesen des Originals ein völlig anderer Eindruck als bei der ersten Ausgabe im Jahr 2000, herausgegeben von Jens Brüning. Der Text, wie Tergit ihn geschrieben hat, wirkt vielschichtiger, auch ironischer, und nach allen Seiten hin offen. Der damalige Herausgeber hat stark in den Text eingegriffen, viele Sätze verändert, oft Halbsätze eingefügt oder gestrichen, Verben ausgetauscht. Einige Beispiele: Im Original heißt es am Anfang von Kapitel 14: »Fischer und Baumann hatten zusammen gesessen und an einem Brief gedruckst«, in der damaligen Ausgabe wird daraus: »gefeilt« – die Szene samt den beiden deutschen Journalisten erscheint damit in einem ganz anderen Licht. Oder: bei einer entscheidenden Party im Badezimmer erkennt Maud, dass sie niemanden hat, der sich wirklich um sie sorgt, »denn Onkel Phipps ist ja noch nie auf die Idee gekommen, überhaupt über irgend einen Menschen was zu denken«. Daraus wird in der früheren Ausgabe: »Onkel Charles ist noch nie auf die Idee gekommen, sich den Kopf über irgend jemand anderen als sich selbst zu zerbrechen« – es erscheint statt eines etwas tumben oder nur indifferenten Charakters ein Egozentriker vor uns. Auch Mauds nicht nur schlichte, sondern mitunter gebrochen klingende Sprache wurde verändert und hatte viel von ihrer hilflosen Lakonie verloren. Ebenso wirken die Gespräche im Zug auf der Fahrt nach Berlin völlig anders, wenn sie im schnellen Wechsel zwischen Englisch und Deutsch stattfinden. Einmal sagt dort der weiße Amerikaner Bromwich zum schwarzen Abraham Lincoln, er zahle an dessen Organisation »Color-Conscious Negroes« 10 000 Dollar »Mitgliedsbeitrag«. In der Ausgabe von Jens Brüning wird daraus eine »Spende«. Damit ist der Sinn verändert und der ganze Witz verschwunden, denn »Color« bezieht sich hier natürlich auf die Hautfarbe.

Auch für die Bezeichnung »Novelle«, wie die Geschichte in der Erstausgabe aus dem Jahr 2000 genannt wird, findet sich im Original kein Beleg, allerdings wirkt der Text in der damaligen Bearbeitung tatsächlich stromlinienförmiger, modern geschliffen und von vielen Abgründen befreit. Die in manchen Szenen bewusst eingesetzten Zweideutigkeiten und ausgefransten Ränder des Originals wurden so beseitigt, der oft bewusst ruppige und lapidare Stil entschärft und geglättet.

Erst im Original wird Tergits gekonnte Mischung aus Satire, schwarzem Humor und aufgeregten, oft heftigen Gesprächen ganz deutlich – der schnelle Wechsel zwischen den Sprachen spielt hier eine wichtige Rolle und schafft eine zusätzliche atmosphärische Spannung. Die Kämpfe und Diskussionen innerhalb einer Umerziehungs-Redaktion und die schmerzhafte Desillusionierung der gutgläubigen Maud geben damit ein sehr realistisches Bild dieses Nachkriegsdeutschlands. Es erschien den Betrachtern so unbegreiflich und absurd wie Gulliver die Länder der Zwerge und der Riesen – Maud erwähnt *Gullivers Reisen* als eines der wenigen Bücher, die von Russland aus wieder nach Deutschland kommen.

Ihre ganze Verstörung über dieses hochmütige, elende und unbelehrbare Deutschland drückt die Autorin in diesem kleinen Roman aus. Auch der Blick über die Elbe gehört dazu, der ratlose Lord Dolgelly, den Maud einmal »unseren Hamlet« nennt, sitzt am Ufer und grübelt, ob dort das bessere Land sei – eine der schönsten Szenen, die in ihrer raffinierten Kargheit an Samuel Becketts *Warten auf Godot* erinnert.

Die Berliner *Welt am Abend* schrieb bei Erscheinen des *Käsebier* 1931: »Die Tergit ist eine Bürgerin, die sich noch den Sinn für Sauberkeit bewahrt hat und inbrünstig an ein liberales Gesellschaftsideal glaubt. Sie will die kapitalistische Welt in ihrem Roman für Entartung bestrafen, um sie zu bessern.« Tergit zitiert diese Sätze in ihren Erinnerungen und fügt hinzu, »seltsamerweise« habe ausgerechnet diese kommunistische Zeitung ihre Psychologie am richtigsten beschrieben. Zu Recht, denn ein Stück ihres Credos als Schriftstellerin steckt in diesem Zitat: Ihr Ethos war es, als historisch genau beobachtende und recherchierende Chronistin zu schreiben und so die Historie aufzubewahren, und diese Haltung hat sie auch in schwierigsten Jahren vor dem Verstummen bewahrt, sei es in Palästina oder in London. Wenn ein Autor wie Alfred Polgar, mit dem Tergit in ihren Feuilletons oft verglichen wird, im Exil darüber seufzt, dass »sein Wort überflüssig und ohnmächtig [ist] in einer Zeit, deren grausige Musik jeden ihr unterlegten Text verschlingt«, so sieht Tergit ihre Arbeit grundlegend anders. Und je schwieriger die politischen Verhältnisse wurden, desto klarer und schärfer wurde ihr Blick – davon zeugen ihre Beiträge für die *Weltbühne* ab 1929.

Der vorliegende Text entspricht dem Originaltyposkript, nur offensichtliche Tippfehler wurden beseitigt und Rechtschreibung und Zeichensetzung behutsam angepasst. Wir haben uns für die Gattungsbezeichnung »Roman« entschieden, da die Weite des erzählerischen Blicks und das große Figurenensemble diese Bezeichnung rechtfertigen.

Die englischen Sätze werden im Anhang übersetzt.

Berlin, August 2022

Glossar

10 *the rather vulgar brand ...*
   eins der eher hemdsärmeligen Exemplare aus dem Mittleren Westen, Marke Blockhütte, Emporkömmling undsoweiter.

10 *just ring up*
   rufen Sie einfach an

10 *disgusted*
   entrüstet

11 *»British beer ...«*
   »Britisches Bier ist am besten.«

11 *»Drink Whisky ...«*
   »Trinken Sie stattdessen Whisky.«

11 *»English violets ..«*
   »Englische Veilchen, englische Veilchen«

11 *»Guaranteed English teddy-bear ...«*
   »Garantiert englischer Teddybär. Wenn Sie ihn drücken, brummt er auf Englisch.«
   Zwei riesige beleuchtete Köpfe nahmen eine ganze Hauswand ein:
   »Die Konservativen machen als Einzige wahrhaft britische Politik.«

11 *»The only true British ...«*
   »Die einzig wahren Briten sind die Sozialisten.«

11 *Cold Mutton...*
Kaltes Hammelfleisch, zweierlei Gemüse und gedünstete Pastete

11 *Waiter*
Kellner

11 *»we are specialising...«*
»wir sind auf englisches Essen spezialisiert, bei uns gibt es das ganze Jahr über Kohl und gedünstete Pastete.«

13 *Plumber*
Klempner

13 *basement*
Keller

14 *Inch*
Zoll = 2,54 cm

14 *such ones who escape...*
einer von denen, die mit einem jungen Mädchen ins Glück flüchten

17 *Slogan of the day...*
Spruch des Tages: Weniger Europa, mehr Empire

17 *Empireindeedness*
Wahre Empirehaftigkeit

18 *»We want no trade outside...«*
Wir wollen keinen Handel außerhalb des Sterlinggebiets, wir wollen kein amerikanisches Metall, französisches Parfum oder Engländer, die die Schweiz bereisen.«

19 *»What a highbrow!«*
»Was für ein Hochgeistiger!«

19 *»You mean that international brothel...«*
»Sie meinen wohl das internationale Bordell, das die sich immer noch erdreisten ›Nationalgalerie‹ zu nennen! Es ist ein Skandal. Während Mussolini unsere Jungs abgeschlachtet hat, haben sie dort Botticelli gezeigt! Und in der schlimmsten Phase der Fliegerbomben haben sie irgendeinen ›unbekannten deutschen Meister‹ ausgestellt. Wenn diese Burschen überhaupt mal an England denken, was kommt dann dabei raus? Boshafte Satire wie Hogarth oder Rowlandson. Die fördern einen gänzlich affektierten Kunstgeschmack auf Kosten des britischen Steuerzahlers. Das sage ich Ihnen als der einfache Bürger. Um diese neuen Grenzen hier – ob nun in Frankreich oder Italien oder Jugoslawien oder Polen – schert er sich genauso wenig wie um die Zerstückelung der Tschechoslowakei. Unsere Grenzen liegen nicht am Rhein. Unsere Grenzen liegen hinter Gibraltar auf der einen und mitten im Pazifik auf der anderen Seite. England gehört nicht zu Europa. England ist asiatisch, afrikanisch, australisch, amerikanisch, aber nicht, nicht, nicht europäisch. Wir, die Urheber der deutschen Niederlage, haben ein Anrecht auf unsere eigene Art zu leben. Wir lassen uns nicht in Europa hineinzwängen. Wir nicht!«

William Hogarth (1697–1764), sozialkritischer englischer Maler und Grafiker.

Thomas Rowlandson (1756–1827), englischer Maler und Karikaturist.

21 *the British Olive Leaves*
die britischen Ölzweige

21 *Red Eagles*
rote Adler

21 *Peace Pigeons*
Friedenstauben

22 *New-comers*
Zugezogene

22 *allegiance*
Loyalität

22 *Henderson-Brittles...*
Henderson-Schmelztiegel (wörtlich: Krokant): »Afrikaner zu Afrikanern, Juden zu Juden, weiblicher Vogel zu männlichem Vogel und Angelsachsen zu Angelsachsen.«

23 *stock size*
Standardgröße

24 *»We had the most wonderful way...«*
»Wir hatten während des Krieges so einen wunderbaren Umgang mit all den Ausländern in London. Wir haben ihnen unsere englische Lebensarten beigebracht. Das hat bei ihnen einen bleibenden Eindruck hinterlassen. Ich weiß, wie man mit Fremden umgeht.«

24 *»That is no time for...«*
»Das ist nicht der Zeitpunkt für gute Taten und gemeinnützige Einrichtungen«, (...) »das Glück der Welt steht auf dem Spiel. Ihnen sollte klar sein, dass es für die westlichen Demokratien um ›Sein oder Nichtsein‹ geht.«

24 »*What big words!*«
»Welch große Worte!«

24 »*The charm of a faultless beauty ...*«
»Der Charme einer vollkommenen Schönheit kann vieles erreichen, mein lieber Freund.«

26 »*when you start a debate ...*«
»will man eine Debatte um unser Besteuerungssystem oder um die Kronkolonien anstoßen, interessieren die Leute sich nicht dafür. Sie interessieren sich nur für die Tschechen, die Griechen, die Polen. Wir werden das unterbinden. Diese Argumente begünstigen in keinster Weise die Verständigung in der kriegsgebeutelten Welt. Wir haben 35 Millionen Leser im Rücken und werden diesen Diskussionen ein Ende bereiten.«

26 »*I know you will*« ...
»Natürlich werden Sie das«, sagte Lord Hawks, »Sie können alles Mögliche unterbinden, wenn Sie nur wollen. Jetzt, wo Lord Mixpickle die Chutney-Zeitungen gekauft hat, können Sie alles Mögliche unterbinden.«

26 »*No you can't ...*«
»Nein, können Sie nicht«, sagte Merton, »denn Sie haben 500 Zeitschriften.«

26 »*Very much to the deterioriation ...*«
»Mein nächstes Buch wird ein Sammelband über die deutsche Geschichtsverfälschung«, sagte Gauntlett, »sehr zur Verschlechterung der Beziehungen mit unseren starken Verbündeten. Königsberg war nie eine deutsche Stadt. Kant war der Sohn eines Schotten und der größte Philosoph Polens. Österreich war nie Teil Deutschlands. Hitler war ein Preuße aus Wien. Und was uns angeht, wir waren nie

Germanen, die Angelsachsen waren nie Germanen, sie sind nichts als Angelsachsen, die am Meer geboren wurden. Übrigens sind die Leser gar nicht an Geschichte interessiert.«

»Wir geben bald unsere Besatzungszone in Deutschland auf«, sagte Bromwich, »die merkwürdige Verteilung der Nazis macht es möglich.«

27 *the leader of ›The Color-Conscious Negroes‹*
der Anführer der ›hautfarben-bewussten N****‹

27 *»we are fed up with the fight…«*
»Wir haben genug vom Kampf um gleiche Rechte. Die Frage ist: Haben wir einen Kampf um gleiche Rechte? Die Lösung für unser Problem ist unser eigenes Gebiet in Afrika. Wir haben genug von der westlichen Zivilisation. Wir, die einzig wahren Christen auf der Welt, können nicht mehr unter Heiden leben. Wir wollen zurückgehen nach Afrika, zurück ins Heilige Land, wir wollen keine Baumwolle, wir wollen den guten Boden, wir wollen heiliges Brot, zurück zum Mais, Gottes Mais. (…)«

32 *»God forbid…«*
»Gott bewahre…«

32 *»… are little else than…«*
»… sind auch nur bessere Mitteleuropäer, weil der staatliche Sozialismus, an den sie mit religiösem Eifer glauben, aus Deutschland kommt.«

33 *»Most charming, I must say.«*
»Äußerst beeindruckend, muss ich schon sagen.«

36 *franctireurs*
Freischärler

40 *Ehrenburgsche Hassperiode*
Ilja Grigorjewitsch Ehrenburg (1891–1967), russisch-sowjetischer
Autor und Propagandist.

41 *We will be all government officials…*
Wir werden alle Staatsangestellte und niemandem wird es erlaubt
sein, mehr als 5 Zimmer zu haben und sein Gehirn zu benutzen.

41 *damages*
Schäden

42 *success story*
Erfolgsgeschichte

43 *black market*
Schwarzmarkt

44 *nice boys*
nette Jungs

45 *»noisy people«*
»lärmende Leute«

47 *society hostess*
Dame der Gesellschaft

47 *beauty*
Schönheit

48 *»You see, to be loved…«*
»Wissen Sie, von Bromwich geliebt zu werden, würde in Amerika
so Einiges bedeuten.«

48 *peoples artist*
Volkskünstler

49 *Community*
Gemeinschaft

50 *vieux jeu*
altmodisch, wörtl.: altes Spiel

53 *Nonfraternisation order*
Auf Anweisung von General Dwight D. Eisenhower erhielten die
US-amerikanischen Truppen im Oktober 1944 ein Handbuch mit
detaillierten Anweisungen, wie sie sich von der deutschen Bevölkerung fernhalten sollten. Es gab auch entsprechende Filme. Der
Befehl wurde nach einem Jahr wegen Undurchführbarkeit aufgehoben.

54 *»What's the matter?«* ...
»Was ist hier los?«, sagte der Sekretär der englischen Mission. »Ich
bin Jude.« »Ach nein«, sagte der Direktor. »Doch, das bin ich.
Haben Sie je einen Juden gesehen?« »Nein«, sagte der Direktor.

55 *»I am afraid, I had ...«*
»Ich fürchte, ich hatte angenommen, Sie seien nicht die Art Kerl,
die sich von vorgefertigten Schubladen täuschen lässt.«
»Sie sind gar kein Jude?«, sagte ich.
»Natürlich bin ich das. Und N**** auch.«

55 *auburn*
kastanienbraun

56 *»Australia's main aim is ...«*
»Australiens Hauptziel ist es, seine derzeitige Bevölkerung zu verdoppeln oder sogar zu verdreifachen. Natürlich wollen wir nur Einwanderer britischer oder zumindest skandinavischer Herkunft. Australien könnte zwanzig Millionen gebrauchen.«

56 *»Do you not think ...«*
»Meinen Sie nicht, dass wir in erster Linie das Wohl unserer eigenen Bevölkerung im Auge behalten sollten?«

58 *species*
Art

59 *Haves*
die Habenden,

59 *Havenots*
Habenichtse

60 *»What's that Hawks' Soup?«*
»Was ist denn Hawks' Soup?«
»Oh, Sie kennen Hawks' Soup nicht? Aber Sie können es sich doch vorstellen. Er ist ein Handelsadliger. Diese Art von Adel kann man nicht ernst nehmen. Ich würde seine Frau nicht einmal als Lady bezeichnen.«

62 *of British birth*
britischer Herkunft

62 *Morningcoat*
Cutaway

62 *»Would Your Ladyship ...«*
»Wäre Ihre Ladyschaft so freundlich, ans Telefon zu kommen?«

63 *»Mr. Kraus«, rief Dolgelly ...*
»Herr Kraus, wo geht es zur deutschen Grenze?«
»Immer die Frankfurter Allee hinunter«, sagte Kraus.
»Ich brauche das deutsche Arbeitsrecht«, sagte Merton und rief Kraus.
»Sie bekommen es bis morgen«, sagte Kraus.
»Wer war Herr Stühlich?«

63 Eine 225. Schutzstaffel gab es nicht bei der ss. Sie war in größeren
regionalen Verbänden organisiert, die Namen trugen. Tergit wusste
das – sie legt Herrn Kraus hier also eine Lüge in den Mund, die ihm
aber in der Redaktion anstandslos geglaubt wird.

78 *Crusaders*
Kreuzritter

79 *refugees*
Flüchtlinge

79 *»You can't trust those foreigners«*
»Diesen Ausländern ist nicht zu trauen«

80 *die foodsituation sei appalling*
die Ernährungslage sei erschreckend

80 *a commercial Lord*
ein Handelsadliger

80 *ein Zeitungsdrive ...*
Eine Schlagzeile: »East End hungrig, Deutsche satt.«

82 *›No German for the administration ...*
›Keine Deutschen in der deutschen Verwaltung, in deutschen Zeitungen usw.‹

82 *that it is not the business …*
… dass es nicht Sache der Engländer ist, ihre besten Leute für Deutschland aufzuwenden, und er sich eine Kampagne wünscht: ›Schluss mit der Besatzung.‹

82 *pro Nazi and Anti Nazi is one. …*
Nazi-Befürworter und Nazigegner sind ein- und dasselbe. Flüchtlinge aus der Nazi-Unterdrückung und Nazi-Flüchtlinge sind ein- und dasselbe. Kein Unterschied zwischen den beiden. Keine Deutschen für Deutschland mehr. (…)
Ich habe den Verdacht, Eure Lordschaft ist anderer Meinung.«
»Ich stimme nicht zu, anderer Meinung zu sein.« (…)
»Sie gehören zu denen, die deutsche Städte lieber unbombardiert sehen. Ich bevorzuge sie bombardiert,« (…) »der Aachener Dom, der Kölner Dom, sogar der Petersdom in Rom und sogar St. Pauls in London sind nicht das Leben eines einzigen Engländers wert.«
»Ich kann diesen Unsinn nicht ertragen« …
»Das ist ein echtes Problem« (…)
»Nicht für mich«, sagte der Lord.
»Doch, ist es«, sagte Merton.

86 *diesem ganzen Highbrowtum*
dieser ganzen Hochgeistigkeit

87 *»Raymond is in love with Ethel.«*
»Raymond ist in Ethel verliebt.«

87 *Ethel with Raymond.*
Ethel in Raymond.

89 *Plantagenets white, York red*
Plantagenets weiß, York rot

91 *Ich bin kein highbrow.*
Ich bin kein Hochgeistiger.

92 *We English have demonstrated...«*
Wir Engländer haben der Welt gezeigt, dass wir das wunderbarste Volk sind, und wir hatten in London die Gelegenheit, viele fremde Völker kennenzulernen, von denen manche, wie ich finde, eher zweifelhaft waren.« Alle lachten. »Ich sehe, Sie stimmen mir zu. Wir haben die gewaltige Aufgabe vor uns, Deutschland, ja Europa zu einem Ort zu gestalten, an dem wieder anständige Menschen leben können. Ich sage Prost auf diese unsere kleine Gemeinschaft, die hier in diesem wunderschönen Speisesaal zusammengekommen ist.«

95 *»Damned clever.«...*
»Verdammt gerissen.« Ich wusste absolut nicht, was er meinte. »Das Ganze«, sagte er.

95 *»Oh did he say so?...«*
»Ach, das hat er gesagt? Wie interessant!«

96 *eine crowd von boys*
eine Schar von Jungs

97 *death duties*
Erbschaftssteuer

100 *»Tandaradei«, zitierte Herbert einen deutschen Minnesänger...*
Walther von der Vogelweide (1170 – um 1230):

> Under der linden
> an der heide,
> dâ unser zweier bette was,
> dâ muget ir vinden
> schône beide

gebrochen bluomen unde gras.
Vor dem walde in einem tal,
tandaradei,
schône sanc diu nahtegal.

100 *»A strange evening«*
»Ein seltsamer Abend«

102 *wise old Hawks*
der kluge alte Hawks

103 *Man müsste outlaw patriotism.*
Man müsste den Patriotismus ächten.

103 *spirit of independence*
Unabhängigkeitsgedanken

106 *rockets*
Raketen

107 *public book trust*
BookTrust, 1921 von Hugh Walpole, Stanley Unwin, Maurice
Marston und Harold Macmillan gegründete britische Stiftung zur
Leseförderung

107 *Gone with the Wind*
Roman über den Bürgerkrieg in den amerikanischen Südstaaten
von Margaret Mitchell (1936), Deutsch von Martin Beheim-
Schwarzbach unter dem Titel *Vom Winde verweht* (Hamburg:
Goverts 1937)

107 *mit der ganzen Politik fed up seien*
genug hätten von der ganzen Politik

112 *Fischer sagte: »Please may I ask you...«*
Fischer sagte: »Darf ich Sie bitten, ob wir gleich zum Thema kommen dürfen.« Fischer sagte: »Stegen war der rechte Handlanger von Goebbels. Mürzhofer war der Herausgeber von den Berliner Abendnachrichten während des ganzen Naziregimes.«
Miss Battle-Abbey erwiderte: »Wissen Sie das mit Sicherheit?«
»Natürlich«, sagte Fischer, »Kraus hat den Nazis in einem entscheidenden Moment gedient, als sie der Zeitung ein Ende bereitet haben, deren Hauptgeschäftsführer er war.«
»Mr. Kraus ist nicht weniger als dreimal von den Nazis gefangengenommen worden.«
»Das ist er, denn unsere Namen sind zufälligerweise in seinen Notizen aufgetaucht, aber das heißt noch garnichts, hat er doch den Nazis nach Kräften gedient.«
Miss Battle-Abbey nickte und schwieg. »Tatsache ist«, sagte sie, »ich darf nichts dazu sagen. Jedenfalls vielen Dank für Ihre Informationen.«

113 *Door shut. Miss Battle-Abbey sagte...*
Tür zu. Miss Battle-Abbey sagte: »Das entspricht ganz dem Niveau der Emigrierten in London. Märchen erzählen, einer gegen den Anderen, und sich Jobs verschaffen, indem man die Kollegen anschwärzt. Jeder gegen jeden.«
As a matter of fact...
»In der Tat misstraue ich jedem von ihnen, aber immerhin kenne ich die Gräfin. Meine Eltern waren mit ihren Eltern befreundet. Immerhin nicht so ein Niemand. Immerhin jemand, auf den ich mich verlassen kann.«

113 *broadcasting people*
Rundfunkleuten

115 *»amusement« or »fun« or »great fun« sogar*
»Zerstreuung« oder »Spaß« oder »einen Heidenspaß« sogar

115 *Joost van den Vondel* (1587–1679), Schriftsteller, einer der bedeutendsten niederländischen Klassiker; dasselbe gilt für *Ludvig Holberg* (1684–1754) in Dänemark.

117 *governments*
Regierungen

118 *»Of course, they are. ...«*
»Natürlich sind sie das.«

118 *Enrichissez-vous*
(Aufruf zur) Selbstbereicherung

119 *»Merton, you get nasty. ...«*
»Merton, Sie werden garstig. Kommen Sie, trinken Sie etwas.«
»Danke, Schirikoff.«

122 *Newsreels*
Wochenschauen

123 *»Don't speak English.«*
»Sprechen Sie lieber kein Englisch.«

124 *12 acres*
= 4,85 Hektar

124 *Single seater fighter*
Einsitziges Kampfflugzeug

125 *»Readers are becoming ...«*
»Die Leser interessieren sich immer weniger für Europa. Sie wollen nur, dass unsere Jungs endlich nach Hause zurückkehren.«

125 *slave worker*
Sklavenarbeiter

125 *»Readers are not interested in ...«*
»Die Leser haben kein Interesse an Politik, Kunst, Wissenschaft. Die Leser haben großes Interesse an Liebes- und Kriminalgeschichten. Wir wollen jeden Monat ein misshandeltes Kind oder Frau, wenn möglich in allen Einzelheiten. Wenn Mord, dann am besten Frau bringt Mann oder Geliebten um und Ehefrau bringt Ehemann um, wenn es das nicht gibt, genügt auch Mann bringt Frau um. Wir werden so wenig wie möglich zu Gesetzgebung, Wirtschaft und Verwaltung bringen, mit Ausnahme von Veruntreuung durch Regierungsbeamte.«

126 *We fought to rid the world of fear ...*
Wir haben gekämpft, um die Welt von der Angst zu befreien. Wir haben gekämpft und unsere Kameraden sind gestorben, damit der Mut nicht von der Erde verschwindet, der Mut zu lieben, etwas zu erschaffen, Risiken einzugehen, seien es körperliche, intellektuelle oder moralische, damit die Menschen sich nicht scheuen, dem Drängen ihres Herzens oder Hirns zu folgen, denn wenn sie gehandelt haben, werden sie in Angst davor leben, dass ihr Handeln ans Licht kommt und sie selbst auf grausamste Weise bestraft werden. Ich habe nicht dreizehn Einsätze mitgemacht, damit Ostpreußen polnisch wird oder das Rheinland französisch. Wir haben für die Einigkeit der ganzen Menschheit gekämpft.

127 *punishment*
Strafe

128 *Charwoman*
Scheuerfrau

129 *»Drink, brother, drink«* ...
»Trink, Bruder, trink«, sagte Gauntlett, »wir scheren uns nicht um
Europa, sondern nur um dich, Maria. Wir scheren uns nicht um die
Niederländer, wir scheren uns nicht um die Franzosen, sondern nur
um dich, Maria«, begann er den neuesten Schlager, »nimm Irland,
Freund«, fuhr er fort, »wir haben es nicht geschafft, das Irland-
Problem zu lösen, aber du wirst es schaffen, nimm Irland, Freund«,
sang er. »Lord Hawks, ich habe den größten Erfolg meines Lebens
gelandet, ich habe die Memoiren von Dr. Goebbels erstem Adju-
tanten gekauft: *Mein Kampf für die Wahrheit*, wir werden sie in
mehreren Fortsetzungen veröffentlichen, sie werden 14 Tage füllen,
wir haben 100 000 Pfund dafür bezahlt, ich bin den Amerikanern
zuvorgekommen. Schirikoff, mein ewiger Freund, morituri te salutant, Feldmarschall, hip, hip, hurra, hip, hip, hurra.«

129 *Bring the man to his room.*
Bringen Sie den Mann auf sein Zimmer.

130 *You are living in Russia?*
Sie leben in Russland?

131 *Mein Vater hatte eine tiny grocery* ...
Mein Vater hatte einen kleinen Lebensmittelladen und ich bin
durch die Hintertür reingekommen, wir glauben nicht an Schwertadel. Bei Ihnen wurden die Generäle geadelt, bei uns die erfolgrei-
chen Lebensmittelhändler.«
»Sind Sie Lebensmittelhändler?«
»Gott bewahre. Ich bin Hawks' Soup und die Kuh in der Tüte. Jedenfalls können unsere Lebensmittelhändler Adlige werden, doch
als Sie versucht haben, eine Volksbewegung in Gang zu bringen
oder wie Sie sagen, dem Volk entgegenzukommen, dann wählten
Sie einen Korporal in Reitstiefeln, dessen Hauptziel es war zu zerstören, egal was zu zerstören.

131 *excuse, Sir Bysshe...*
entschuldigen Sie meine persönlichen Bemerkungen, Sir Bysshe

132 *Please Mr. Merton give me a glass of water.*
Geben Sie mir bitte ein Glas Wasser, Mr. Merton.

132 *Auf dem Continent they are...*
Auf dem Kontinent sind sie Gleichmacher nach unten, um die wenigen Reichen auszurotten, wir sind Gleichmacher nach oben, um die vielen Armen emporzuheben.

132 *public schools*
staatliche Schulen

132 *»The three Internationals, which eventually got Germany....*
»Die drei Internationalen, die Deutschland letztendlich gekriegt haben, die schwarzen Katholiken, die roten Sozialisten, die goldenen Juden. Und was sind Sie, Mann?«
»Demokrat und Presbyterianer«, sagte Merton.
»Was für ein Arier?«
»Ein Presbyterianer. Ich bin ein amerikanischer Demokrat.«
»Sie beugen sich also dem Pöbel. Da ist mir Russland lieber, starke Hand, ein mächtiges Regime, Autorität und was für ein Ausmaß! 650 Millionen Männer, die zu Soldaten ausgebildet werden können. Und keine destruktive Weltanschauung, nur der gute alte Glaube unserer Vorfahren an den Fortschritt, daran, dass wir die Naturkräfte zügeln können, den Dampf und den Strom zu Dienern der Menschheit machen, höhere und bessere Dämme bauen, mehr und noch mehr Eisenbahntrassen, mehr Automobile, mehr Radioapparate, mehr Feuerwehrfahrzeuge zu bauen als irgendjemand sonst, und kein Zweifel, dass wie beim dekadenten Westen der Fortschritt das Ziel der Menschheit ist. Ausgezeichnet, ausgezeichnet.«

133 *Or all these Prussian counts …*
Oder all diese preußischen Grafen, Pritwitz, Pritzelwitz, Zetlitz?
Alles slawische Namen.

133 *desperate*
verzweifelt

135 *pursuit of happiness*
Streben nach Glück

136 *die europäische Kultur vom Norweger Hamsun bis zum Salonphilosophen Ortega y Gasset*
Der norwegische Dichter Knut Hamsun (1859–1952) sympathi-
sierte mit den Nationalsozialisten, anders als der spanische Philosoph José Ortega y Gasset (1883–1955), der zwar in seinem Essay
Der Aufstand der Massen (1929, deutsch in der Übersetzung von
Helene Weyl 1931) den Eliten zentrale gesellschaftliche Aufgaben
zudachte, sich aber gegen jeden Nationalismus stellte.

146 *Thunder Rock*
Stück von Robert Ardrey (1908–1980); 1939 uraufgeführt in der
Regie von Elia Kazan (1909–2003) am Broadway, wurde es im Londoner Globe Theatre zu einem großen Erfolg und Symbol des britischen Widerstands.

148 *interfering*
Einmischung

151 *Let not a man glory …*
Man soll einen Menschen nicht stolz darauf sein lassen, dass er sein
Land liebt, sondern darauf, dass er die Menschheit liebt.

151 *»As a matter of fact: no.«*
»Freilich nicht.«
»I thought so. ...«
»Das dachte ich mir. Hier stehen Sie. Die Christenheit am Ende. (...)
Auf Wiedersehen.«

155 *this cocksure Miss Battle-Abbey*
diese arrogante Miss Battle-Abbey

163 *›Men‹, zitiert Eliot irgendwo, ›have lived by ...‹*
»Die Menschheit«, zitiert Eliot irgendwo, »hat sich in jeder Gesellschaft nach irgendwie gearteten geistigen Institutionen gerichtet,
und auch nach politischen Institutionen, und zweifellos auch nach
wirtschaftlichen Aktivitäten. Zu verschiedenen Zeitaltern hat sie je-
weils eine der drei als gesellschaftlichen Kitt besonders bevorzugt,
aber zu keiner Zeit hat sie die anderen beiden völlig ausgeschlossen,
weil es unmöglich ist, dies zu tun. Es ist unmöglich, wir sind krank
bis zum Tod.«
T. S. Eliot (1888–1965), in den USA geborener britischer Dichter.

163 *economic activities*
wirtschaftliche Tätigkeiten

164 *»Do you need sound investments ...«*
»Brauchen Sie solide Investitionen, erstklassige Anleihen? Straßen-
bahnen in Falaise? Lagerhausgesellschaft Hamburg?«

167 *air conditioned*
klimatisiert

167 *lay preacher*
Laienprediger

Gabriele Tergit
Im Schnellzug nach Haifa
Reportagen
Herausgegeben und mit einem Nachwort
von Nicole Henneberg
256 Seiten. Gebunden.
ISBN 978-3-89561-477-4

1933 muss die Berlinerin Gabriele Tergit aus Deutschland fliehen und gelangt über Tschechien nach Palästina. Schreibend bahnt sie sich ihren Weg durch das Völkergewimmel in Jerusalem, Haifa und Tel Aviv und erlebt ein Land im Aufbruch. In hier teils erstmals veröffentlichten Porträts und Reiseschilderungen vermittelt sie ein sinnliches Bild von der ungeheuren Vielfalt Palästinas in den 1930er Jahren, lange vor der Staatsgründung Israels. Tergit trifft einen Fleischer aus Brest-Litowsk, der sich eine japanische Decke um den Bauch bindet und melancholisch Wurst schneidet;eine Berliner Zionistin, tüchtig und patent, die unermüdlich arbeitet und Feste organisiert, und einen Frommen aus Deutschland, den die jungen Leute auslachen.

Zusammen mit den faszinierenden Fotos aus dem Archiv Abraham Pisarek schildern Tergits Geschichten eine Welt, in der manche Hoffnung zerbrach und doch vieles möglich schien. Erstmals um neunzehn ursprünglich von der Autorin für den Band vorgesehene Texte aus dem Nachlass erweitert, gewährt *Im Schnellzug nach Haifa* einen ganz neuen Einblick in die Entstehung des heutigen Israels.

»Keine deutschsprachige Journalistin der 20er Jahre beobachtete genauer und formulierte treffender ... Ein weiblicher Alfred Polgar - nur leidenschaftlicher.«
Michael Bauer, Focus

»Genau zu beobachten und als bemerkenswert herauszuarbeiten, was andere offenbar für normal hielten und übergingen, das war ihre große Stärke.«
Markus Hesselmann, Der Tagesspiegel

»Eine glasklare Sicht auf die Dinge, ein sprühender Geist, ein Mutterwitz vor dem Herrn.«
Joachim Scholl, Deutschlandfunk Kultur

Schöffling & Co.